いつかきみに七月の雪を見せてあげる

五十嵐雄策
Yusaku Igarashi

JN211137

Contentes

デザイン◎鈴木 亨

いつかきみに七月の雪を見せてあげる

五十嵐雄策
Yusaku Igarashi

❄❄❄❄

あの人を、死なせたくなかった。
あの人がいない世界なんて、半分色のないモノクロの世界のようなものだった。
だから……『願《ねが》い』をかけることにした。
青に祈りをこめて、『願い』を放った。
あの人を、——xxxxを助けるために。
巡った想《おも》いを解き放つために。
みんなで、〝七月の雪〟を見るために。
たとえそのために、何を代償《だいしょう》にしようとも。

❄❄❄❄

プロローグ

❄❄❄

降り注ぐ強い日射《ひざ》しが辺りの景色《けしき》一面を白く染めていた。それまでの電車内からふいに屋外にさらされた視界がハレーションを起こして、一瞬《いっしゅん》だけ鎌倉《かまくら》の駅前を夏の幻のようにぼやけさせる。まるでこの街だけでなく世界全体が白昼夢の中に淡く沈んでいるかのようだ。

本当に夢ならばいいのに、と思った。

何もかもが人魚が見ていた夢の中で、目を覚ませば全《すべ》てはなかったことになっていたら、と。

もちろんそんなわけはないのだということは、僕自身がよく知っていた。そんなことは、この一年の間に数えることができないほど夢想したことだ。

駅前は、多くの人で賑《にぎ》わっていた。観光客《かんこうきゃく》、地元の人間、親子連れや友だち連れ。皆楽しげで、その顔には笑みが浮かんでいる。その幸せそうな光景を目にして、胸が苦しくなった。

どうして戻ってきたのだろう。自分自身に問いかける。この街には思い出がありすぎる。それは今の僕にとって、水を吸った真綿のようなものだ。ともすれば気が付かないほどの速度だけど、ゆっくりと確実《かくじつ》に喉元《のどもと》を鈍《にぶ》く締《し》め上げていく。

あの日から追い立てられるように東京《とうきょう》で就職《しゅうしょく》を決め、大学卒業とともに逃げるように離《はな》れたこの街。父親からの、実家に置きっぱなしの荷物を取りに来いという電話なんて、無視すればよかっただけの話だ。そうでなくとも送ってくれるよう頼《たの》むなり適当に処分してもらうなり、いくらでも方法はあったと思う。

だけどそうすることができなかったのは、やはりこの街は僕にとって特別だからだ。悲しいけれど忘れることはできない。正視することは難《むずか》しいけれど目を背けることができない。

この街は、僕にとってそういう場所だ。高校三年から大学卒業までの五年間を過ごした――この鎌倉という街は。

見慣れた小道を抜けて歩を進めていく。谷と呼ばれる谷間のある地形が多いことから、鎌倉は夏でも比較的暑さが厳《きび》しくない。とはいえこの七月の猛暑の中ではそれはさして意味をなさなかった。目の前に急勾配《きゅうこうばい》で延びていく坂道を見上げながら、額《ひたい》から流れ落ちる汗を拭《ぬぐ》う。

十分ほどかけて坂を上り切った先に実家はあった。

今ではもう珍しい曇《くも》りガラスの引き戸を開けて中に入ると、父親が迎えてくれた。

「ひさしぶり」

「……ああ」

一年ぶりに会う父親は、髪にずいぶんと白いものが増えたように見えた。電話では声を聞いていたことからあまりそうは感じなかったが、一年という年月が短くないものなのだということを実感する。

「……ちゃんと食べているのか？」

「大丈夫だよ。大学生の頃《ころ》からやってたから、自炊は慣れてる」

高校を出てすぐに一人暮《ひとりぐ》らしをしていたので、家事は一通りできる。そう答えると父親は「そうか」と、すぐに話題を打ち切った。そもそも僕の近況に興味《きょうみ》があって訊《き》いてきたわけではないことは分かりきっていた。

「それで、荷物って？」

肝心のここに来た内容を尋ねると、父親は無言で二階を指し示した。

そこはかつて、僕の部屋《へや》だったところだ。

階段を上がって自室だった部屋へ向かうと、そこにあったのは様々な貝殻やガラスの欠片《かけら》などだった。宝探しで手に入れたものの一部だ。僕はそれらをそっと持ってきたタオルに包んでカバンに入れた。

それから父親と少し話をした。ほとんど僕が一方的に話しかけていただけだけれど、東京での近況などを話した。とりたてて話に花は咲かなかったけれど、昔と比べればずいぶん普通に話すことができたと思う。それだけ自分も父親も歳《とし》を取ったということだろう。

長居をするつもりはなかったので、用事を終えてすぐに、また電話すると言って僕は実家を出た。父親も引き止めなかった。

鎌倉は、様々なものが混ざり合った街だ。

北に行けば源氏山《げんじやま》や鎌倉山《かまくらやま》といった山がある一方で、南に少し歩けば由比ヶ浜《ゆいがはま》や材木座《ざいもくざ》などをはじめとした砂浜に辿《たど》り着くことができる。駅前には繁華街《はんかがい》や商店街などもあり賑わっている反面、目抜き通りを少し外れれば緑《みどり》に包まれた閑静《かんせい》な住宅街がある。また寺社や史跡なども多いことでも知られていて、鶴岡八幡宮《つるがおかはちまんぐう》や長谷寺《はせでら》、極楽寺《ごくらくじ》といった有名なものも存在する。

そして寺社が多いということは、それだけ墓地の数も多いということだ。

実家を出た僕が向かったのは、その中の一つだった。

山間《やまあい》の道を進んだ先にある小さな寺。その片隅にある、真新しい花の供えられた墓《ぼ》標《ひょう》。

そこに……彼女と彼女の祖母とが眠っていた。

「……来たよ」

ここにこうしてやって来るのは、はじめてだった。

この一年間、来なければならないと思いつつも、一度も足を向けることができなかった。

理由は簡単《かんたん》だ。

彼女の名前が刻まれた墓碑《ぼひ》に、向き合うのが怖かったからだ。

向き合ってしまえば、彼女がもうこの世界にいないことを認めてしまうような気がした。一人きりになってしまったことが現実として上書きされてしまうような気がした。僕のせいで、命を失うことになってしまった彼女が。

ポケットに忍ばせていた便せんに右手をやる。そこには彼女の字で『もし私に何かがあっても……透《とおる》くんは、生きてね』と書かれていた。これのせいで、彼女のところに行くこともできやしない。

海から吹きつける強い風が近くにあった木の枝を揺らした。

風に乗って鳥の鳴いている声が聞こえてくる。

真っ白な日射しに照らされてぼんやりと浮かび上がった墓標は、どこか白昼夢のようで現実感がない。そんな僕を揶揄《やゆ》するように、足もとを黒い猫が通り過ぎていった。

何のことはない。

僕はいまだに逃げているのだ。彼女が死んでしまったという現実から。


ポケットでふいにスマホが震《ふる》えて、僕は我に返った。

出てみると、電話の相手は仁科《にしな》だった。

『よう、こっちに戻ってきてるって聞いてな』

「……ああ」

『何年ぶりだ？　ったく、お前は電話やメールをしてもほとんど返事をしねぇし。せっかくだから飲みにでも行かないか？　あの店、まだ今でも現役らしいぞ』

「悪いけど……」

受話口の向こうからため息が聞こえた。

『……お前の気持ちは分かるけどよ、ここらできっぱり割り切るときなんじゃないのか？　借りてた部屋もそのままだって聞いた。家賃だって馬鹿《ばか》にならないだろ。いいかげんに――』

「……」

それ以上は耐えられずに、僕は黙《だま》って通話を切った。

仁科の言うことは頭では分かっている。いいかげんに前を向かなきゃならないということも、僕のことを気遣《きづか》ってくれているということも。

だけど……心がそれについてきてくれないのだ。


夏というのは不思議《ふしぎ》な季節だと思う。強い日差しと様々な生き物の生命の躍動《やくどう》を感じさせる季節でありながら、同時にお盆《ぼん》や怪談《かいだん》という死を感じさせるものにも満《み》ち溢《あふ》れた季節でもあるのだから。

周囲の木々では蟬《せみ》がうるさいくらいに大きな声を上げていた。ヒグラシだろうか。その溢れんばかりの生命を主張するかのようにけたたましく鳴いている。だけど七日後には、例外なく彼らは死んでいるのだ。

太陽はだいぶ西に傾き、辺りを橙《だいだいいろ》色に染めていた。そんな黄昏《たそがれ》に包まれた風景の中、僕が向かったのは鎌倉海浜公園近くの由比ヶ浜の海岸だった。夜になると夜光虫が光《ひか》り輝《かがや》いて、まるで海全体が青く発光しているみたいに見える場所。僕たちはそこを『人魚の浜』と呼んで、よく二人《ふたり》でやって来ていた。

砂浜にはざらざらとした潮風《しおかぜ》が吹いていた。

いつからそこにあるのか分からない壊《こわ》れたボートも、打ち上げられた大きな流木も、波とともにやってくる貝殻やガラスの欠片も、何もかも一年前と変わらない。変わってしまったのは、僕とその周りだけだ。沈みゆく太陽を目にしながら、そんなことを思った。

やがて日は完全に落ち、砂浜には夜の帳《とばり》が下りた。

周囲の明るさと反比例するかのように、海の中には少しずつ青い光が、まるで蛍《ほたる》のように灯《とも》っていった。

波頭に青く輝く夜光虫の光。その幻想的な海の上を、数多《あまた》の星々と天の川がその光を競い合うように滔滔《とうとう》と流れている。

彼女はあの青を願いだと言った。たくさんの人たちの願いが寄り集まって、光り輝いているのだと。彼女にはそういう夢見がちというか、空想好きなところがあった。あれはただのプランクトンの集まりだと僕が言うと、彼女は苦笑しながら頰《ほお》を膨《ふく》らませた。「もう、夢がないなあ、透くんは」と。

あれは本当に願いなのだろうか。

分からないけれど、僕にはその青い光は、まるで人の魂のように見えた。彼岸《ひがん》に行くことができずに、この世に留《とど》まっているたくさんの霊魂《れいこん》。だとしたら彼女も、あの中にいるのだろうか。それともとっくにここではないどこかに行ってしまっているのだろうか。

『この場所にはね、不思議な話があるんだよ』

ふと彼女が言っていた言葉が頭に浮かんだ。

『昔、ずうっと昔、海が青い光に包まれた夜に、この場所で人魚が漁師の網にかかったんだって。だけど心優《こころやさ》しい漁師は、人魚を助けて海に帰してあげた。助けてもらった人魚は漁師に感謝《かんしゃ》をして、その願いを一つだけ叶《かな》えてくれたんだって。それ以来この場所では、海が青く輝く夜に心からの願いごとをすると、その願いが叶うっていう話があるの』

そんなものは嘘《うそ》だと思った。

ただの都合のいい、御伽噺《おとぎばなし》だと。

だって本当に願いを叶えてくれるというのなら、僕が願うものなど一つしかない。

だけどそれは叶うことなどあり得ない『願い』だ。

再び、彼女の言葉が浮かぶ。

『世の中にあり得ないことなんてないんだよ。それこそ、〝七月の雪〟みたいに』

それは彼女の口癖《くちぐせ》だった。

七月に雪なんて降るはずがない。僕がそう言うと、決まって彼女はできの悪い生徒に教える教師みたいに人差し指を立てた。

『あるよ。七月に降る雪は、ある』

そして、こう言った。


――いつかきみに、〝七月の雪〟を見せてあげる。

❄

真っ暗だった。
視界がまるで墨で塗り潰されてしまったかのように黒く、何も見えない。
ただ、声が聞こえた。
それはこの世界で一番大切で、かけがえのない存在の声。
「……なないで……お願い……おるくん……！　……目を……けて……！」
周囲からは、ガソリンと地面の焦げる嫌な臭いが漂ってくる。
何が起きたのか、もう考えられなかった。
頭が朦朧《もうろう》として、意識が闇に侵食されていく。
だけど一つだけ、確かなことがあった。
ああ、そうか。
僕はこれから……死ぬのか。

❄

第一話『人魚の夢』

1

彼女と初めて出会ったのは、七月の砂浜だった。

茹《ゆ》で上がるような、暑い暑い夏の日の砂浜。

放課後《ほうかご》、僕は何をするでもなく由比ヶ浜を歩いていた。

周囲には釣りをしている人、泳いでいる人、サーフィンをしている人などがいる。だけどそのどれにもさして興味は持てずに、僕はただ漫然と辺りを歩き回るだけだった。

何か目的があってここに来たわけじゃない。ただやることがなかったから、行くところがなかったから、立ち寄っただけ。単純に、家に帰りたくないがための時間潰《じかんつぶ》しだった。

波打ち際をふらふらと散歩する。足下の砂が波に洗われて不思議な模様を作り出している。消えかけた僕の足跡の上を、名前も知らない蟹《かに》が通りすぎていった。

東京から父方の実家があるこの鎌倉に引っ越してきて二週間が経《た》つけれど、僕はいまだにこの街での生活に馴染《なじ》めずにいた。

　生活形態が大きく変わったわけじゃない。鎌倉は神奈川県の南東部であるし、東京から電車で一時間ほどしか離れていない。近所にコンビニだってあるし、駅前まで行けばカフェや大きな本屋もある。スマホの電波は少し入りづらいけれど、やっているテレビ番組もほとんど変わらない。

　変わったのは僕の周りの環境《かんきょう》だ。

　母親がいなくなり、父親が働かなくなった。

　もともとうまくいっている夫婦ではなかった。母親はふらふらと家を出たまま何日も帰ってこないことが日常茶飯事だったし、父親はそんな母親の言いなりだった。だから離婚《りこん》は仕方がないと思う。それは当人たちの意思の問題《もんだい》だ。だけど正式に離婚が成立してからも、いまだにその現実を受け止めることができない父親に、僕はすっかりうんざりしていた。

　そんなどこか厭世的《えんせいてき》な空気が伝わってしまっていたのか、転校した高校にも僕は溶け込むことができなかった。

　よく言えばクラスメイトたちとの間に壁《かべ》がある、悪く言えば完全に浮いている。季節外れの六月の転校が悪い方向に転がった結果だろう。幸いなことに嫌われているわけではないみたいだったけれど、かといって親しく話しかけてくれる相手がいるわけでもなかった。

そういうこともあって、放課後にいっしょに寄り道をする相手の一人もおらず、こうして独《ひと》り黙々《もくもく》と時間を潰しているのである。とはいえもともとあまり人と接することが得意ではないため、特に寂《さび》しいとは思わなかった。

砂浜は端から端までがかろうじて見えた。

子どもの頃に何度か祖母に連れてきてもらったことがあったけれど、あの頃はもっと広かったように思える。どこまでも広がるサンドベージュの景色が、それこそ世界の果てまでも続いているように感じられたものだ。そうでなくなってしまったのは、きっと僕の方が変わってしまったからだろう。

そんなことを考えながらふと視線を上げると、大きな流木が見えた。

由比ヶ浜にはよく漂流物が流れ着く。それは小さいものでは手紙の入ったボトルから大きなものでは生きたクジラまで、様々だ。だから流木くらいはさほど珍しくもない。

その上で制服を着た女の子が泣いている、ということを除けば。

おそらく僕と同じくらいの歳だろう。肩くらいまでの髪を流れさせながら顔をうつむかせて、静かに嗚咽《おえつ》を漏《も》らしていた。というか、あれは僕が通う高校の制服だ。おまけに少し離れた場所からでも特徴的なその顔には、見覚えがあった。

確《たし》か――クラスメイトの水原夏《みずはらなつ》だ。

明るく人懐《ひとなつ》こい性格の、いつもクラスの中心にいる少女。日だまりの中に咲く向日葵《ひまわり》みたいな笑顔《えがお》で、そこにいるだけでパッと色が付いたみたいに周囲の空気が変わるのが印象的だった。名前の通り、夏のようなイメージが彼女にはあった。僕も転校してきたばかりの頃に二言三言挨拶《あいさつ》くらいはしたことがあったが、それだけだった。

その水原夏が、泣いていた。

何か大事なものをなくしてしまった子どもみたいに、周りも気にせずに涙を流していた。

その表情は、教室で見るものとはまったくの別物だった。

数秒ほど迷った結果、何も見なかったことにしてそっと引き返そうと思った。何だか複雑な事情がありそうだし、水原さんもさして親しくもないクラスメイトにそんな姿を見られたくもないだろう。

そう決めて足音を殺しながら踵《きびす》を返そうとした、その瞬間だった。

ふいに顔を上げた水原さんと、目が合った。

「……」

「……」

吸い込まれていきそうなほどの大きな瞳《ひとみ》。その琥珀色《こはくいろ》の目が、驚《おどろ》いたように見開かれてこっちを真《ま》っ直《す》ぐに見つめている。

もしかしたら彼女は僕のことを覚えていないかもしれない。最後に話したのは二週間前だし、僕はお世辞にも存在感のある方じゃない。印象に残っていなくてもおかしくはないだろう。だけどその希望はすぐに打ち砕かれた。

「あれ……きみ、確か……？」

水原さんは瞬《まばた》きをすると、こう言った。

「ええと、相川《あいかわ》くん、だっけ？」

「相原《あいはら》、だよ」

「あ、ごめん」

「いや……」

そのまま二人とも黙り込んでしまう。

正直言って気まずかった。

片や泣いているところを目撃《もくげき》してしまったわけだし、片や相手の名前すらも覚えていなかったという引け目がある。

停滞した空気を変えるように、水原さんが口を開いた。

「ええと、相原くんは——ここで何してたの？」

「特に何も。散歩……かな。水原さんは？」

「私は……」

口に出してからしまったと思った。それを訊いてしまったら泣いていたことにも触れなければならない。自分から地雷を踏みにいってしまったようなものだ。

彼女は何と答えるのだろう。

神妙な顔で打ち明け話をされるのか、それとも適当に誤魔化《ごまか》されるのか。

だけど彼女の口から返ってきた言葉は、思いも寄らないものだった。

「私は……宝探しかな」

「宝探し？」

「うん、そう。いいものが見つかればいいなって」

砂浜を見渡しながら言う。

ここで何かを探しているってことなのだろうか。彼女の言っている意味が、僕には分からなかった。

首を傾《かし》げていると、彼女は言った。

「こうなったら、君にも手伝《てつだ》ってもらうから」

「僕に？」

「他《ほか》にだれがいるの？」

「手伝うって、宝探しを？」

「うん、そうだよ」

そううなずくと彼女は立ち上がって、いつも教室で見せているものと同じ笑顔になって言った。

「ここには、海の神様がくれた宝物がたっくさん眠ってるんだから」


彼女が言うところの宝探しとは、つまり海岸に落ちているものを拾い集めることだった。

さっきも言ったように砂浜にはたくさんの漂着物が打ち上げられる。その中の貝殻や石、流木やサンゴ、ガラスの欠片などがその主な対象であるようだった。

「ビーチコーミングっていうんだよ」

水原さんが足もとにあった貝殻を拾い上げながらそう言った。

「海岸に打ち上げられた漂着物を拾い集めるの。色々なものがあって、楽しいよ」

「集めてどうするの？」

「ん、色々かな。観察したり標本にしたり、加工してかわいい小物とか雑貨《ざっか》とかを作ったりもするよ」

「へえ……」

そういった趣味《しゅみ》があるものなのか。砂浜には昔から何度か来ていたけれど、初耳だった。

波打ち際に落ちていた小さな貝殻を拾い上げて、水原さんは僕に見せた。

「これはオミナエシダカラ。タカラガイっていう貝の仲間で、表面が陶器みたいにツルツルしてるのが特徴なんだ。ほら、触ると気持ちよくない？」

「こっちのこれは？」

「んー、これはハツユキダカラだね。貝殻の模様が雪みたいに見えるからそう呼ばれるようになったんだって」

「そうなんだ」

二人で波打ち際を歩きながら、様々なものを拾い集めていく。

ビーチコーミングは意外なことに楽しかった。水原さんは宝探しと言っていたけれど、それは言い得て妙だ。たくさんの流木や海草の中から、鮮《あざ》やかな色をしたガラスの欠片を見付けることができたときには、子どものように胸が躍《おど》った。

何気なく見ていた小さな貝殻にもきちんと名前があることに感心する。さっき見かけた蟹にも、僕が知らなかっただけで、きっと立派な名前があったのだろう。

そんなことを思っていると、ふと彼女がこっちに向かって手を振りながら声を上げていた。

「あ、ねえねえ、相原くん。ほら、これ！」

「？」

「見て、すっごいよ！」

水原さんが手にしていたのは、大きなサザエだった。ちょっとした漬け物石ほどはあり、彼女の小さな手から完全にはみ出してしまっている。

「貝殻を耳に当てると、潮騒《しおさい》の音が聞こえるっていうよね。やったことある？　ないよね？　やろうやろう！」

「……普通そういうのって、もっとかわいらしい貝とかでやるものじゃないの？」

「相原くんって、かわいらしいかどうかで貝を差別する人？」

「え、いや、そんなことは……」

「じゃあいいじゃん。細かいことは気にしない。貝ならだいたいどれでもいっしょだよ」

どれでもいっしょということはないだろう。大ざっぱすぎる。

心の中でそう突っ込んだ僕に、水原さんはその場に座りこむと、楽しそうな顔で手にしたサザエを耳にぐいっと押し当ててきた。

「ね、波の音が聞こえるでしょ？」

「それは、聞こえるけど」

辺りを見回す。この場所で波の音が聞こえなかったらそれは耳鼻科に行った方がいい。

「もー、そうじゃなくてさ。貝の中から聞こえる気がしない？　このサザエが歌ってるみたいに」

言われて耳をすませてみると、確かに貝殻の奥から、ゴーという低い音が聞こえた。

それは波の音というよりも、サザエが歌っているというよりも、まるで海の底にいるような音だった。

もちろん僕は海の底に潜《もぐ》ったことなんてない。だけど実際に海の底にまで行ってみたら聞こえる音というのはきっとこういうものなんじゃないかと、そう思わせる音だった。深く深く、静かに胸の奥にまで響《ひび》く音。

それを伝えると、水原さんは「海の底かー。面白《おもしろ》いこと言うね。うん、でも言われてみればそうかもしれない。海の底で、サザエが歌ってるの」と笑った。あくまでサザエが歌っているという部分は変えるつもりがないらしい。

「どうして貝殻を耳に当てると音が聞こえるのかは、分かってないんだって」

水原さんが言った。

「周りの空気の周波数を貝殻が拾っているからとも言われてるし、持ってる手の血液が流れる音じゃないかとも言われてる。心臓《しんぞう》の鼓動《こどう》が伝わってくる音だって説もあるって。でも私は断然、貝殻が歌ってる説押しだよ。うん、そこは譲《ゆず》れないかな」

水原さんのこだわりはともかくとして、だとしたらこうして聞こえてきているのは、彼女の心臓の鼓動なのかもしれない。

時刻は午後四時を過ぎていたが、日差しは一向に弱くなる様子を見せなかった。まるで温度《おんど》調節《ちょうせつ》機能《きのう》が壊れてしまったかのように、ジリジリと肌に突き刺さる真っ白な陽光を放っている。波立つ水面にその白い光が反射して、プリズムのようにキラキラと光っていた。波頭に時折小さな黒い影《かげ》のようなものが見える。あれは魚だろうか。

「そういえば、こうやって相原くんとちゃんと話すの、初めてだね」

彼女がすっと立ち上がりながら言った。

「あんまり話しかけられるのが好きじゃない人なのかなって思って遠慮《えんりょ》してたんだけど、ぜんぜんそんなことない感じだね。普通に話しやすいし」

「それは……」

周りを拒絶しているつもりはなかった。だけどやはりそういう風に見られてしまっていたのかと、少しだけ反省した。

「……話しかけられるのが嫌ってわけじゃないんだ。ただ、転校してきたばかりでまだ慣れなくて」

「そうなの？」

「うん」

「ふーん。じゃあもっと学校でも話そうよ。せっかく同じクラスになったのに、もったいないよ」

「あ、うん」

僕がうなずき返すと、彼女は「約束だよっ！」と真っ直ぐにこっちを見て言った。

夏の太陽みたいなまぶしい笑顔で、僕はつい顔を背けてしまう。その逸らした視線《しせん》の先に、ふとあるものが目に入った。

「……あれ、これ何だろう？」

足もとを洗う波紋の合間に漂う小さな貝殻。見た目はさっき説明してもらったタカラガイと同じような形だけれど、その背に一筋の涙を落とした跡のような模様がついている。

拾い上げようとすると、水原さんが目を見開いた。

「それ……！」

「え？」

「それ、オトメダカラだよ！　うん、絶対そうだ……！」

「？　珍しいの？」

「珍しいよ！　レア中のレアって言ってもいいくらい！　まさにお宝だよ。すごいすごい！」

興奮《こうふん》した声で貝殻を手の平ですくい上げる。

その宝物と形容される小さな巻き貝は、太陽の下で水滴を反射して美しく輝いていた。

「本当はこの辺じゃ採れないもののはずなんだよ。それなのにこんなに簡単に見つかるなんて……もしかしたら人魚が運んできてくれたのかもしれないね」

そう言って水原さんは息を吐く。

「悔しいなぁ。私なんかここに一年以上も通ってて、一回も見つけられたことなかったのに。もしかしたら相原くんは宝探しの才能があるのかもしれないね」

「そんなこと」

「ううん、絶対あるよ！　相原くんはトレジャーハンターだ」

僕の両手をぎゅっと握ってそんなことを言う。彼女の手は温かくてものすごく柔らかくて、まるで夏の熱《ねつ》をそのまま凝縮《ぎょうしゅく》したみたいだった。

「ね、相原くん、まだ時間ってある？」

「え？」

「もう帰らなきゃだめかな？　門限は厳しい方？」

門限なんてあってないようなものだ。

そもそも家に帰りたくなかったからここに来ていたわけだし、僕が帰らなくても父親は何も言いはしないだろう。そんな関係性だったら、そもそもこんな風にはなっていない。

僕はうなずいた。

「よかった。だったらこれから、ちょっと付き合ってくれないかな」

2

鎌倉は坂が多い街だ。

街自体が山間にあるということもあり、至るところに坂道がある。それはかつてこの場所が鎌倉幕府が置かれた土地であり、守りやすく攻めにくい要害としての役割を果たしていたという歴史的要因も影響《えいきょう》しているのかもしれない。

水原さんが向かったのは、そんないくつかある坂を上った先だった。

この辺りでは比較的大きな総合病院。

入ってすぐのところにある受付を慣れた足取りで通り抜けて、そのまま二階へと進んでいく。

どこに行くつもりなんだろう。

僕が尋ねると、彼女はこう答えた。

「ん、おばあちゃんのところ」

「お祖母《ばあ》ちゃん？　入院してるの？」

「……ん」

僕の言葉に彼女は小さくうなずいた。

お見舞《みま》いに来たということなのだろうか。だけどどうしてそれに僕がいっしょについてくることになったのかについては、まるで分からない。

明るい廊下だった。

大きな窓から少しだけ黄昏がかった陽光を取り入れて、淡くぼんやりと光り輝いている。病院にありがちな消毒液の匂《にお》いもほとんどしない。僕たちの足音に合わせて、リノリウムの床が鳴る音がキュッキュと反響した。

水原さんの祖母の病室は、二階の一番奥にある個室のようだった。

「来たよ、おばあちゃん」

ノックをして中に入ると、そこには窓際に置かれたベッドがあって、その上で一人の老婦が身体《からだ》を起こしていた。真っ白な髪、枝のように細い腕、丸まった背中。彼女はこっちを見ると、嬉《うれ》しそうに顔を綻《ほころ》ばせた。

「おやおや、夏ちゃん、よく来たねえ」

どこか水原さんに似た笑顔だった。見ている人の心を落ち着かせてくれて、人懐こい。

「今日《きょう》も暑いねー。汗びっしょりになっちゃった、でもおばあちゃんのとこはいつも涼しくていいなあ」

「ここは高台だからねえ。風通しがいいおかげで、あまり冷房を使わなくても快適なのかもしれないね」

「いいなー、家よりもここに住みたいかも。あ、こっちは相原くん。高校のクラスメイトで、さっきまでいっしょに宝探しをしてたの」

「あ……はじめまして」

急に話を振られて慌てて頭を下げる。

僕のたどたどしい挨拶に、水原さんの祖母は優しい微笑《ほほえ》みで応えてくれた。

「あらあら、こんにちは。夏の祖母です」

水原さんの祖母は、ハツさんという名前だった。彼女の父方の母親で、ここに入院しているらしい。

「あのね、今日は珍しいものが見つかったから、おばあちゃんに見せようと思って」

「おやおや、何だろうねえ」

「ふっふっふ、驚かないでよ」

そう言うと水原さんは、カバンの中からハンカチに包まれたオトメダカラを取り出した。

「じゃじゃーん、見て見て、オトメダカラだよ！　しかも、どこも欠けていないやつ」

「おや、珍しいねえ」

「でしょでしょ？　相原くんが見付けてくれたの。すごいよね、今日初めて宝探しをしたのに、こんなのを見つけちゃうなんて」

まるで自分のことのように水原さんが声を大きくする。僕は少しだけ恥ずかしい心地《ここち》になった。

「オトメダカラは、人魚の涙だとも言われているからねえ」

ハツさんが言った。

「深い深い海の底に住む人魚が流した涙が、波のゆりかごに揺られてオトメダカラになる。人魚も女の子だから、やっぱり女の子よりも男の子の方が好きなんだろうねえ」

「そうなんだ。それじゃあ私のところに来なくてもしかたないな」

水原さんがそううんうんとうなずきながら言う。さらに「この色男ー」と肘《ひじ》で腰を叩《たた》かれて、僕はどういう顔をしていいか分からなくなってしまい、視線を外した。

病室の中はこざっぱりとしていた。

掃除が行き届ききれいに整頓《せいとん》されているのだけど、ところどころに私物と思われるものが多く置かれている。そのどこか生活感がにじみ出た空気が、ハツさんのここでの生活が長いだろうことをうかがわせた。

「それにしても、夏ちゃんがお友だちを連れてきてくれるなんてはじめてだねえ」

「え？」

ハツさんがしわに覆《おお》われた目を細めて言った。

「私がここに入ってもうずいぶん経つけれど、こんなに賑やかなのはひさしぶりだったから」

「それは、だってほら」

水原さんが口ごもる。

それは何となく分かるような気がした。ここは日常とは切り離された空間だ。そこに日常の象徴ともいえるクラスメイトたちを連れてくるのは、気が引けたのだろう。良くも悪くも。

「ああ、ごめんねえ。そのことについて何か言おうっていうわけじゃないの。ただ、いつもよりも夏ちゃんが楽しそうだと思ってねえ。オトメダカラみたいな顔をしているんだもの」

「お、おばあちゃん……！」

慌てたように声を上げる水原さんを横目に、ハツさんが穏《おだ》やかに笑う。どことなく気恥ずかしかったけれど、同時にどこか居心地の良さを感じていた。それはきっと、ハツさんのまとっているやさしい空気のためだったと思う。

それからしばらく話をして、僕たちは病室を出た。

ハツさんは、笑顔で見送ってくれた。

❄❄

病院を出るとさすがに日はすっかり落ちて、辺りは真っ暗になっていた。まぶしいほどに真っ白だった景色は濃紺《のうこん》に染められていて、空には青みがかった月と淡い光を放つ星が輝きはじめていた。あの一際目立つ三つの星は夏の大三角だろうか。鎌倉の空は東京ほど明るくないので星がよく見える。空の主役が入れ替わったことなどまるで気にしないと言わんばかりに、周囲の木々からは眠らない蝉の声が聞こえてくる。

「今日はありがとう。付き合ってくれて」

水原さんが空を見上げながら言った。

「私ね、お祖母ちゃん子なんだよ。両親は二人とも仕事で家にいないことが多くて、お祖母ちゃんが私の面倒を見てくれることが多かったの。だからできるだけ会いに行きたくって。両親は今も仕事が忙しくてあんまりお見舞いに来られないから」

「そうなんだ」

水原さんとハツさんとの間に流れる穏やかな空気を見ていて、彼女たちの仲の良いことは分かった。きっと二人の間には確かな繋《つな》がりがあるのだろう。

ただ、一つだけ分からないことがあった。

「あのさ、水原さん」

「ん？」

「どうして、僕を誘ってくれたの？」

それだった。

今まで友だちを連れてきたことはなかったとのことらしいし、水原さんはどうして今日まで名前も覚えていなかったようなクラスメイトを連れていこうと思ったのか。

すると彼女は、空を見上げたまま答えた。

「んー、何でだろうな。よく分かんない」

「え?」

「でも何となくビビビってきたの。この人を連れていった方がいいって」

「ビビビ……」

「私、そういう直感は当たる方なんだよ」

こっちを見て楽しそうに笑う。

ビビビ、ともう一度口の中でその擬音《ぎおん》を繰《く》り返してみた。何だか不思議な響きだった。

「あ、それとね。オトメダカラは相原くんが見つけたものだったからさ。やっぱり宝物は見つけた本人が自慢しないと。ほら、一番名乗りはトレジャーハンターの特権だって決まってるものだから」

「そういうものなの?」

「うん、そういうものなの」

なぜか水原さんが得意げに言う。

その直後に、僕たちは顔を見合わせて同じタイミングで笑い出した。

どうしてかおかしかった。晴れやかな笑いがお腹《なか》の底から湧《わ》いてきて止まらなくなった。街灯と星の光が交互に降り注ぐ夜の街に、二人の笑い声が響いていた。

「ねえ、相原くんには『願い』ってある？」

しばし二人で笑い合った後、ふいに何の前触れもなく水原さんが言った。

「『願い』？」

「うん、そう。叶えたい『願い』」

「……」

どうだろう。

小さなものならたくさんある。朝もっと遅くまで寝ていたい、テストでいい点数を取りたい、発売されたばかりのゲームを手に入れたい。だけどそれは願いというよりも、ただの世俗的な欲のような気がした。

「分からない。そこまで明確《めいかく》なものは、ないかも」

「私はあるよ」

水原さんが、はっきりとした口調で言った。

「叶えたいと思う、叶えてほしいと思う、心の底からの『願い』。それは今の私にとって、何をおいてでも、成就《じょうじゅ》させたいものなの」

ドキリとしてしまった。

その表情は、それまでのどこか夏を感じさせる明るい笑顔とは違うものだった。真《しん》摯《し》で直向《ひたむ》きで決意に満ち溢れていて……その表情を、僕は昔どこかで見たことがあるような気がした。どこかで……

「あのさ、水原さん――」

何かを確かめるかのように水原さんに声をかけようとして、

「それ」

「え？」

そこで水原さんが言葉を遮った。

「んー、さっきから気になってたんだ、その水原さんっていうの。何だか他人行儀《たにんぎょうぎ》っていうか、よそよそしい。夏でいいから」

「え、でも……」

つい数時間前に仲良くなったばかりだし、他人であることには変わりはない。

戸惑《とまど》う僕に、彼女はピッと人差し指を突きつけた。

「いいの。決まりね。相原くんは下の名前、何ていうの？」

「透だけど……」

「じゃあ私も透くんって呼ぶから。それならおあいこだよね？」

そういうことではないと思う。

だけど彼女は勝手にそれで納得したのか、うんうんと大きくうなずく。

「夏って呼んでくれなきゃ、返事しないからねー」

僕の方を見て、いたずらっぽくそう笑った。

空にはそんな僕たちを忍び笑うかのように、青い月と白い星とが柔らかな光をたたえていた。

❄❄

❄❄❄

それが彼女と過ごした最初の一日だった。

いつだって明るい笑みを浮かべていて、名前のように夏を連想させる彼女。

だけどそれだけじゃなくて、彼女にはどこか陰があった。

そんな彼女に、たぶん最初から僕は心惹《こころひ》かれていたのだと思う。

あの時見つけたサザエとオトメダカラは、今でも大切に保管している。乙女《おとめ》の涙をその背に写し取ったというオトメダカラ。だけどその特徴的な模様は、僕には乙女の涙の他に、違うもののように思えた。

まるで、砂浜に降り積もった雪のように。

❄❄❄

家に戻ると、部屋の中は真っ暗だった。

玄関に靴は置いてあるようだったから外出した様子もない。おそらくまた、酒を飲んだまま寝ているんだろう。

ため息も出なかった。

きっとあの人は僕が何日家を空けても何も言わない。それどころかある日突然姿を消しても何とも思わないだろう。そもそも関心がないのだから仕方ないといえば仕方ないのだけれど。

静まり返った玄関で靴を脱ぎ、二階の自分の部屋へと上がる。

別にこんなことは、今にはじまったことじゃない。物心がついたときからずっとこうだったし、母親がいたときだって変わりはなかった。

ただ、寒い。

身体がではなくて、心が。

夏の最中《さなか》であるのに、凍えてしまいそうだった。

そんな中で、水原さんと交わした会話の記憶《きおく》だけが、太陽のように温かく灯っていた。

3

彼女が律儀に約束を守る女の子であるということは、次の日に早速証明された。

それは朝に登校をしていたときのことだ。まだ眠い目をこすりながら、いつものように僕は一人で教室へと向かっていた。昨日《きのう》だいぶ長い時間砂浜で宝探しをしていたせいか、首回りや腕の皮膚《ひふ》がヒリヒリする。風呂《ふろ》に入るときに見てみたら赤くなっていたから、たぶん日焼けだろう。制服の襟《えり》がこすれるのを我慢しながら廊下を歩いていると、ふいに後ろから肩を叩かれた。

「おはよっ、透くん」

水原さんだった。

いつもと同じ夏を連想させる笑顔で、ひらひらと手を振っている。

「あ、おはよう、水原さん」

「……」

「水原さん？」

「……」

彼女は黙ったまま、小さく頬を膨らませた。

「……昨日の約束、もう忘れちゃったのかな？」

「え？」

「……夏」

彼女がぼそりと言った。

「……夏って呼んでくれなきゃ、返事しないって言った」

「あ……」

それは確かにそう言った。でもまさか、こんな公（？）の場でそれを要求されるとは思ってもみなかった。

「あ、ええと」

「……」

「その……」

「………」

水原さんはその琥珀色の目で真っ直ぐにこっちを見つめてくる。僕は覚悟を決めた。

「夏……さん」

不思議と、その響きは自然と口に馴染んだ。

「さんもいらない」

「……夏」

何とかその言葉を絞り出すと、水原さんはぱあっと表情を輝かせた。

「うん、よろしい」

心の底から満足したような声だった。

そのまま彼女に背中を押されて、二人並んで教室に入る。

その瞬間、クラスメイトたちの視線がこちらに向かって一斉に集まってくるのを感じた。

それはある意味当然だった。昨日まではクラスで浮いていた転校生が、クラスの中心である水原さんと親しげな様子で登校してきたのだから、注目されないはずがない。

とはいえあまり目立つのは遠慮したかった。

動物園で珍獣《ちんじゅう》でも見るような視線を肌で感じながら、なるべくその興味を刺激《しげき》しないように気配《けはい》を殺してようやく席に辿り着く。

安堵《あんど》の息を吐いていると、隣《となり》の席の男子生徒が話しかけてきた。

「なあ、お前、水原と仲いいの？」

「え？」

「なんか名前で呼び合ってたみたいだし。それにいっしょに登校してきたんじゃないのか？」

男子生徒の名前は、確か仁科だったはずだ。

「そういうわけじゃないよ。たまたま教室の前でいっしょになっただけだから」

それは本当のことだ。

「だけど水原が名前で呼んでるやつなんて、男子ではいないぜ」

「それは……」

僕には分からない。何だってそんなことをやりだしたのか、僕が一番知りたいくらいだ。

　僕の返事に納得したのかしていないのか、男子生徒は鼻を鳴らした。

「まあいいや。お前、案外面白そうなやつだな。相原だっけ？　俺は仁科。よろしくな」

「あ、うん、よろしく」

　差し出された手を握り返す。男子生徒——仁科はよく遅刻をしたり授業をさぼったりしていて、どちらかといえば不真面目《ふまじめ》そうに見えたけれど、悪いやつじゃなさそうだった。

　やがて担任の教師がやって来て、ホームルームが始まった。

「それでは今日は、二週間後に開催される文化祭の出し物である、演劇《えんげき》の配役を決めたいと思います」

　まだ若く見た目は女子大生みたいな森野《もりの》先生が、挨拶をした後にそう言った。

　この学校では、文化祭が七月に行われる。だいたい文化祭といえば秋に開かれるものだけれど、ここでは例年この時期に行われるらしい。七夕《たなばた》近辺のスケジュールになることも多いため、七夕祭とも呼ばれているとか。その七夕祭ではクラスごとに何か出し物をやることになっていて、僕が所属する三年一組では、演劇をやることが決まっていた。

題目は、人魚の話だった。

この辺りには昔から人魚にちなんだ民話があるらしく、それをアレンジしたものを演劇として上演するらしい。詳しい内容までは知らなかったけれど、漁師に助けられた人魚が願いを叶えてくれるというようなものだったと思う。主役の人魚役は、すでに先週の段階で水原さんに決まっていた。

「前回は決まらなかった漁師役だけど……だれかやりたい人はいませんか？」

返事はない。

皆、うかがうようにお互いの顔をチラチラと覗《のぞ》き合っている。

「ええと、自薦《じせん》でなければ他薦でも構いません。だれかいませんか？」

森野先生が困ったようにそう教室を見渡す。だけどやはりだれの手も上がらない。受験《じゅけん》の年でもあることだし、だれも面倒事を引き受けたくなどないのだ。それは僕も同じ気持ちだった。波風を立てずにやりすごすために、そっと机に顔をうつむかせようとする。

そのときだった。

なぜかこっちを見ていた水原さんと目が合った。僕の視線を目に留めると、何かイタズラを思い付いたような顔で笑みを浮かべる。

嫌な予感がした。

慌てて何かを口にしようと思ったときには、遅かった。

「じゃあ、漁師役は透くんがいいと思います！」

いきおいよく手を上げて、彼女はそんなことを言った。

「相原くん？」

「はい！　ぶっきらぼうなところが何となく漁師って感じがするし、転校してきたばかりだからクラスに慣れる意味でも、いいんじゃないかと思います」

「それは……そうかもしれないわね」

森野先生がこっちを見ながらうなずく。

「そういうことだし……よければ相原くん、やってくれる？」

「あ、ええと」

「お願いできないかな？　今日中に決めてしまわないとまずくて……」

懇願《こんがん》するような目だった。

他のクラスメイトたちも、その言葉に同意の声を上げている。

「あー、そうだよな。その方がクラスに馴染みやすいよな」

「確かに何となく漁師っぽい」

「うん、夏と相原くん、意外とお似合いかも」

「……」

断れるような雰囲気じゃなかった。

僕は観念して白旗をあげた。

「……分かりました。やります」

その言葉に、森野先生がほっと安堵したような表情を見せる。

「それでは、漁師役は相原くんにお願いしたいと思います。あとは他の配役だけど……」

こうして、七夕祭で漁師役をやることが決まってしまったのだった。


「えっと……怒ってるかな」

休み時間。

水原さんが僕の机にやって来てそう小さな声で言った。

「怒ってはいない。戸惑ってはいるけど」

「あー、うん、そうだよねえ……」

申し訳なさそうなそれでいて少しだけ嬉しそうな、何ともいえない表情になる。

「いいじゃん。水原と二人で主役がやれるなんて、うらやましい。代わってやりたいくらいだ」

隣から仁科がそんなことを言ってきた。

「じゃあ代わってくれる？」

「それは無理だな。もう決まったことだし、何と言っても水原のご指名だ」

「代わる気、ないよね？」

「どうかな」

そう言ってニヤニヤと笑う。

なかなかとぼけた性格をしている。いい友だちになれそうだ。

「あのさ、どうしても嫌だったら、今からでも森野先生に言ってくるけど……」

水原さんがおずおずとそう言ってくる。

とはいえ言うほど嫌ではなかった。確かに面倒かもしれないし、色々と大変なことはあるだろう。だけど水原さんといっしょにやるのならそれも悪くはないかもしれないと、そう思っている自分がどこかにいた。

「大丈夫。やるよ」

「ほんとに……？」

「うん。水原さ……夏が色々教えてくれるんだよね」

「それはもちろんだよ！」

「ならいいよ。嫌じゃない」

「そっか……よかった」

本当に安心したように水原さんが息を吐いた。ある意味大胆といえるほどの行動力で僕を推薦したのに、それを本気で気にするような繊細《せんさい》さを併せ持っているのが彼女の不思議なところだった。

「色々教えてもらうって、何を教えてもらうわけ？」

仁科がさらに顔をニマニマとさせながら顔を上げた。

本当に、こいつとはいい友だちになれそうだった。


由比ヶ浜の由来は、結だという。

結ぶ、結う、繋げる。その言葉の意味は様々な縁《えん》や関係を縒《よ》り合わせることだ。本来の起源は由比郷《ゆいごう》という鎌倉時代の互助労働組織が見られた地域であるというところからきているらしいけれど、何となく前者の方がしっくりくる。それはここで僕が水原さんとの縁を繋いだからかもしれない。

「潮風が気持ちいいねえ」

その水原さんと、今日もまた二人で並んで歩いていた。

南から吹きつけてくる温《ぬる》い潮風を感じながら、放課後の由比ヶ浜をそぞろ歩く。

演劇の練習は来週から始まるという。それに先だって、僕に話しておきたいことがあるとのことだった。

頭上にはたくさんの海鳥が飛び交っていた。黒っぽく見えるのは鳶《とび》だろうか。食べ歩きをしていると襲《おそ》われることがあるので注意するようにとの看板が立っているのが見えた。凶悪《きょうあく》だ。

「それで、話しておきたいことって？」

「あー、うん、それなんだけどね」

しばらく歩いたところで、どこか芝居がかった仕草でこほんと咳払《せきばら》いをして、水原さんが切り出した。

「……実は、透くんに大事なことを言っておかなければなりません」

「？　大事なこと？」

水原さんがうなずく。

そしてこれ以上ないくらいの真面目な顔で、こう口にした。

「……実は私、あがり症なのです」

「…………え？」

「その、舞台《ぶたい》なんかで人前に立つと緊張《きんちょう》で顔が赤くなって、ぜんぜん喋《しゃべ》れなくなります」

しばしの沈黙。

「……マジで？」

「マジです」

「嘘だろ」

思わずそんな言葉が口をついて出た。そんな風にはぜんぜん見えないのに。

「……似合わないと思ったでしょ」

「……それは」

思った。

「いいよ。自分でもそう思うから。でもほんとにそうなの。昔から、幼稚園のお遊戯《ゆうぎ》会《かい》とか小学校の学芸会とかは、さんざんで」

じっと見上げてくる真剣な眼差《まなざ》しからして本当なのだろう。驚いた。それなのによく演劇の主役なんてものを引き受けたものだ。

すると水原さんは、こう口にした。

「……もう、今しか機会がなかったから」

「え？」

「人魚の役を見せられるの。今回が最後だったんだよ」

今しか機会がない？　見せられる？

水原さんの言葉の意味が分からずに首を捻《ひね》っていると、彼女は「うん、透くんにならいいかな」と小さくつぶやいた。

「あのね……おばあちゃんに見せたいの」

とても大切なことを話すみたいな声だった。

「おばあちゃん、人魚の話が好きなんだ。もともとはおばあちゃんのおばあちゃんから教えてもらった話みたいなんだけど、子どもの頃に何回も何回も話して聞かせてくれた。人魚の話をしているときのおばあちゃんはとっても楽しそうだったし、それを聞く時間も好きだった。今度の文化祭、もしかしたら来られるかもしれないって言ってた。だから……」

ぎゅっと、制服の胸のところで両手を握りしめる。

そういうことか。

大好きな祖母のために、苦手な人前に出る役に名乗りを上げた。何とも彼女らしい。

それだったら今の状況にも、納得がいった。

「分かった」

僕は答えた。

「え？」

「夏がうまくいくように協力する。本番であがらないように特訓するってことでいい？」

「あ……」

水原さんが驚いたように目を瞬《しばた》かせる。

「そういうことじゃないの？」

「え——あ、う、うん、そういうこと！」

ぶんぶんと首を振って大きくうなずいた。何だか昔飼っていた柴犬のジョンみたいだな、とそれを見て思った。

「そうと決まったら今日から練習をはじめた方がいいかな？　クラスでの練習は来週からだけど……」

「……」

「夏？」

水原さんが黙っている。

何か気に障ることでも言ってしまっただろうか。気になって声をかけると、彼女は僕の目を見てこっちを見上げた。

「あり……がとう」

それは彼女にしてはささやかな、波の音に消されて聞こえるか聞こえないかほどの小さなものだった。

だけどそこには、確かな感謝の響きが感じられた。

4

その日から、学校が終わると僕らは由比ヶ浜に集まるのが日課になった。

人魚役と漁師役の練習と、あとは……水原さんがいかに人前であがらないようにするかの対策。

「掌《てのひら》に人って書いて飲みこむといいって本に書いてあった気がする」

「それもうやった。たぶん五十回くらいやった。あれは気休めくらいにしかならないよ」

「そっか」

確かに科学的根拠は乏《とぼ》しい。

「だったら見ている人たちはみんなカボチャだと思うとか」

「……前にハロウィンでジャック・オー・ランタンの仮装をした人におどかされたことがあってさ。それ以来カボチャがこわいの。余計にすくんじゃうかも」

「ううん……」

難しかった。

そもそもが精神的な要素が大きいものだし、あがり症の対策といっても、これをやっておけば万全というものはない。

それに水原さんのあがり症は、言うだけはあってなかなかのものだった。僕の前では普通に演技をすることができる。だけどそのそばをだれかが通りかかったりすると、それだけでもうしどろもどろになってしまう。

話し合って、とにかく慣れるしかないという結論《けつろん》に達した。

まずは二人だけで練習をして、次にわざと人が通りかかるタイミングを見計らって台詞《せりふ》を読み上げてみる。

「――本当に、願いを叶えてくれるというのか」

「はい。ただし行く末に起こることには干渉できません。来し方に起こったことに関するものであるのならば、叶えてみせましょう」

「だったらこの傷をなくしてくれ。傷を負わなかった人生を俺《おれ》にくれ」

夕方前の由比ヶ浜は意外と人が多い。犬の散歩をしている人、釣りをしている人、海遊びをしている人。大人《おとな》たちはだいたい怪訝《けげん》な目で通り過ぎていくだけだったが、子どもたちは違った。小学生くらいの男子女子たちは、物珍しそうに近寄って話しかけてきた。

「にいちゃんたち、何してんの？」

「人魚と漁師の練習だよ」

「は？」

「劇の練習をしているんだ。今度文化祭でやるんだよ」

「ふーん。二人とも主役なの？」

「何だかおもしろそう」

「ねえ、もっと見せて見せて」

目を輝かせながら詰め寄ってくる。

「その人魚の話って、どんな話なんだ？」

と、小学生の一人がそう質問した。

水原さんがしゃがんで視線を合わせる。

「ん、知らないかな？　由比ヶ浜で漁師に捕まったっていう人魚の話」

「しらない」

ぶんぶんと首を横に振る。

ずいぶんと古い話のようだし、最近の子どもたちにまでは浸透していないのだろう。

「そっか。じゃあ教えてあげる。ええとね、むかしむかし、この辺りに……」

水原さんが話しはじめる。

そういえば、僕も詳しい内容はまだ聞いていなかった。

水原さんが口にした人魚の話というのは、こうだった。

むかしむかし、この辺りに漁を生業《なりわい》とする男が住んでいた。男はかつては腕利きの漁師だったが、仕事中の不注意で怪我《けが》をして足を悪くして以来、食べていくだけの魚を獲《と》って細々と生計を立てていた。ある海が青く輝く夜、男が漁をしていると、網にあるものがかかっていることに気付いた。網の中で苦しげにのたうちまわっていたのは、上半身が美しい女性、下半身が魚の姿をした人魚だった。どうか見逃してほしいと懇願する人魚を、男はかわいそうに思いそのまま海に帰してやることにした。感謝した人魚は、お礼に男の願いを一つだけ叶えてくれると言った。考えた男は、傷を負ってしまった足を治してほしいと願った。すると不思議な青い光に包まれて、男の傷は消えていたという。男は再び満足に漁をすることができるようになり、やがて美しい女性を嫁に迎えて幸せに暮らしたという。

「へー、なんかありきたりだな」

男子の一人がそんな感想を口にする。

それに女子が猛然と反論をした。

「そんなことないよ！　素敵《すてき》だよ！」

「うんうん、男子は子どもだからわかんないんだから」

小さくても、こういう話には女子の方が共感を覚えるみたいだ。

それからしばらく、小学生たちに見てもらいながら練習をした。

この小さな観客たちでも水原さんにとっては十分にプレッシャーであるようで、ミスを連発して小学生たちに笑われていた。

「むむ……くやしいなあ。本番までにはうまくできるようになってみせるんだから」

歯ぎしりをする水原さんを、小学生たちは「えー、ぜったい無理そう」と言ってからかっていた。それを聞いて水原さんはなおさら奮起していたようだった。

何にせよ、やる気が増したのはいいことだと思う。


週が変わり、クラスでの練習も放課後に行われるようになった。

ホームルームと掃除が終わった後に教室に残って、台本の読み合わせをする。とはいっても台詞があるのはほとんど人魚と漁師だけだったので、自然と雑談が中心となった。

「なあ、相原って東京から来たんだろ？」

「え、うん」

「東京スカイツリーが地下を含めると六六六メートルあるってほんと？」

「あれはデマだよ。地下があるのは本当らしいけど、六六六メートルってことはないらしい」

「えー、そうなんだ。じゃあさ、原宿《はらじゅく》に行くと芸能人が普通に歩いてるってマジ？　見たことある？」

「それはあるかも」

「マジでマジで！　だれ？」

何となく流れで、僕もクラスメイトたちと話をした。

話の内容自体は他愛《たあい》もないものだったけれど、それなりに盛り上がった。

「へえ、じゃあ東京っていっても相原が住んでたのは埼玉《さいたま》寄りなのか」

「うん、そうなるかな」

「でも相原くんって、話してみると面白いね。もっとそっけない人なのかと思ってた」

「うんうん、色んなこと知ってるし」

「ぜんぜん普通だよな」

「そうだろ。こいつはただのムッツリだからな。そんな気を遣ってやることないんだよ」

「うるさい」

茶化《ちゃか》してきた仁科に突っ込みを入れる。

いつの間にか、自然にクラスメイトたちと会話ができていた。

もちろん会話ができていただけで、友だちになれたわけじゃない。だけどこれまでクラスの中でどうしようもないくらいに浮いていたのは何だったのかと思えるほど、何の気負いもなしに喋ることができていた。もしかしたらこうなることも見越して水原さんは漁師役に推薦してくれたのだろうか。

ちらりと横を見ると、彼女は鎌倉の駅前に新しくできたおしゃれなカフェの話で友だちと盛り上がっているみたいだった。おそらくそうなのだろう。

クラスメイトの輪《わ》に僅《わず》かながらに溶けこむことができるようになると、色々とクラスの様子も分かるようになっていった。

たとえば飯田《いいだ》さんと松井《まつい》さんは仲が良い。山内《やまうち》と佐藤《さとう》さんは付き合っている。田中《たなか》は文化系に見えるけど安東《あんどう》さんといっしょにダンスをやっている。仁科はああ見えて意外と成績《せいせき》がいい。クラス委員の清野《せいの》さんは趣味が山登りだ。そんな関係性が、少しずつだけど見えるようになってきた。

そんな中、水原さんはやはりクラスでも人気者のようだった。

だれに評判を聞いても好意的な声が返ってくる。いわくいつでも明るく元気、面倒見がよくて話しやすい、その場にいるだけで雰囲気が明るくなる。挙げていけばキリがない。好意を寄せている男子も多いようだ。

それはおおむねイメージ通りだった。

普段《ふだん》の彼女から、僕が受ける印象とほとんど変わらない。

きっと彼女は本質的に、晴れ渡った夏の空のような屈託のない性質なのだろう。

ただ……一つだけ気になることがあった。

それは、はじめて会ったときに見た水原さんの涙だ。

人目も憚《はばか》らずに、声を上げて泣いていた彼女。

あのときの姿は、それらのイメージとは異質のものだ。

あれは一体何だったんだろう。

その答えを、僕はすぐに知ることとなる。

5

その日は、少し早く由比ヶ浜に着いてしまった。

水原さんは用事をすませてから来るらしく、少し遅くなるという。待っている間、砂浜を適当に歩く。何か面白いものは落ちていないか。宝物は見つからないか。砂浜では、下を向いて歩くのがすっかり癖になってしまっていた。

これはサンゴの欠片、あれはハツユキダカラ、あそこにあるのはシーグラスだ。

全部水原さんから教えてもらったものだ。きっと彼女と知り合うことがなかったら、こういったものに興味を持つことなんてなかったに違いない。そう思うと、手の中に収まった小さなハツユキダカラが余計に光り輝く宝物のように見えた。

❄❄❄❄

少しの間、貝殻やガラスの欠片を拾い集めながら歩いていると、ふと波打ち際に立つ人影が目に入った。

女の子だった。

小学校高学年くらいで、夏の光をそのまま移したような真っ白なワンピースを着ている。いつも来る子どもたちの仲間だろうか。怪我でもしているのか、片足を引きずっているようだった。

どうしてだろう。

その子を見て、人魚みたいだ、と思った。

陸に上がる代償に、足を喪《うしな》ってしまった小さな人魚の少女。

理由は分からないけれど、そういう風に思ってしまった。

視線を向けたまま僕が立ち尽くしていると、女の子が近づいてきた。

「こんにちは」

鈴を転がすような声だった。

「あ――こんにちは」

声をかけられるとは思っていなかったので慌てて返事をすると、女の子は首を小さく傾けた。

「何をしていたんですか？」

「ん、宝探しを」

拾った貝殻を見せると、女の子は目を輝かせた。

「ハツユキダカラですね。きれい」

「分かるの？」

「はい。ビーチコーミングですよね」

「へえ」

こんな小さな子にも浸透しているのか。宝探しは、僕が思っていたよりもずっとメジャーな趣味なのかもしれない。

「私もやるんです。家族といっしょに、休みの日によく砂浜で色々なものを探したりしました。ハツユキダカラやオミナエシダカラ、シーグラス、ウニ殻やイルカの耳骨を集めたり、拾ったものを使って、いっしょに貝殻のフォトスタンドを作ったりもしました」

「そうなんだ」

「はい。砂浜にあるものは、どれも海の神様が贈ってくれた素敵な宝物ですよね。あ、でも、一番好きなのはオトメダカラかもしれません」

「オトメダカラ……」

「めったに見つからないですけど……だってオトメダカラは、人魚の涙なんですよね。素敵じゃないですか」

不思議な感覚だった。

はじめて会う相手のはずなのに、どうしてかそんな気がしない。まるでずっとずっと昔から知っている間柄みたいに、会話が噛《か》み合った。

「きみはこの辺の子なの？」

僕がそう尋ねると、女の子は首を傾けた。

「うーん、そうとも言えるし、そうでもないと言えるかもしれません」

「？」

よく分からなかった。

たとえばこの辺りに親戚の家とかがあって、遊びに来たりしているということなんだろうか。

「私は……夏を巡っているんです」

「夏を……？」

「はい。ぐるぐると」

ますます分からない。

もしかして、僕はからかわれているのだろうか。

「ねえ、それってどういう――」

ふと見ると、女の子の姿はなかった。

まるで海に溶けて泡になってしまったみたいに、ただそこには濡《ぬ》れて鈍色になった砂と打ち寄せる波とがあるだけだった。

「夢でも、見てたのかな……」

それからしばらくして、水原さんがやって来た。

急いで来てくれたのか、少し疲れたような顔で小さく肩で息をしている。

「ごめんね、遅くなって」

その姿が、何だか似ているような気がした。

さっきまでそこにいた人魚のような女の子と、水原さん。

喋り方や年齢はぜんぜん違うのだけれど、笑顔の合間に見せるどこか遠くを見ているような表情が共通しているように思えた。

「ねえ、夏に姉妹とかっている？」

「どうしたの急に。いないよ。私、一人っ子だから」

「そっか」

もしかしたら水原さんの妹ではないのかとも思ったのだけど、そうではなかったようだ。

だとしたら似ているように思えたのは、きっと他人の空似か、僕の気のせいなのだろう。そう思うことにした。

❄❄❄❄

その日の練習は、何だかうまくいかなかった。

水原さんがどうにも集中力を欠いてしまっているようで、台詞のミスを立て続けにしてしまう。

「なんか、調子悪いみたいだね」

「ごめん……」

「いいって。そういう日もあるよ」

何となく空気が沈んでいるかのようだった。どこか重くて身体にのしかかってくるような感じがする。今日に限って、場を賑わせてくれる小学生たちもやって来ない。波の音が静かに響いていた。

吹きつける潮風もなく、蒸し暑い。休憩《きゅうけい》するために、僕たちは近くにある流木に腰を下ろした。ごつごつとした肌触りだったけれど、少しの間座る分には申し分なかった。

まるで僕らの周りだけ世界から切り離されたみたいだった。

静かで人の気配がなくて、ただ波が砂を洗う音と、鳶が鳴く声だけが小さく響いている。

寄せては返す波が七回ほど繰り返されたところで、やがて水原さんが口を開いた。

「……今日ね、ここに来る前におばあちゃんのところに寄ってきたんだ」

「ハツさんの？」

「うん」

水原さんが小さくうなずく。

肩までの髪がさらりと揺れ、石鹼《せっけん》の香りが漂った。

「ちょっと届け物をする用事があったから。そのときに人魚の演劇をするって話をしたの。そしたら、文化祭、来られそうだって」

「そっか、よかったね」

　水原さんが人魚の役を買って出たのはハツさんのためだ。前に聞いたときは来られるか分からないと言っていたけれど、これで安心して本番に臨むことができるだろう。

「……」

「……夏？」

「………」

　見ると水原さんはその肩を小さく震わせていた。

　両手をぎゅっと握りしめたまま顔をうつむかせて、じっと海と砂浜との境目に目を落としている。その表情はとても喜んでいるようには見えない。

　やがて水原さんは、喉の奥から絞り出すように、言った。

「……おばあちゃんね、もう長くないの」

「え……？」

「元気そうに見えるけど、緩《ゆる》やかに衰えていってるって……。あの日、相原くんとはじめて会った日、あったでしょ。あの日にね、病院の先生たちが話しているのを聞いちゃったの。体力が落ちてきていて、この夏を越えるのが精一杯だろうって……」

　淡々とした口調だった。それは落ち着いているというよりも、あえてそうすることでその事実を自分に言い聞かせているように思えた。

「……ちっちゃな頃から、一番近くにいてくれたのはおばあちゃんだった。自転車の乗り方を教えてくれたのも、ランドセルを選んでくれたのも、人魚の話を聞かせてくれたのも、砂浜での宝探しを教えてくれたのも、ぜんぶおばあちゃんだったんだ。私はおばあちゃんが大好きで、これからもずっと同じ時間を過ごしていきたいと思ってて……そうなるんだって、信じてた。だけどもう会えなくなるかもしれないって……」

「……」

「……全部嘘だったらよかったのに。今のこの現実は人魚が見ている夢で、目が覚めたら全部なかったことになってたら……」

僕の胸元に、水原さんの顔がうずめられる。

「夏……」

「ごめん……透くんには、なんか、こんなとこばっかり見られているような気がする」

水原さんの涙はキラキラと透き通っていた。それこそ、そのまま波のゆりかごに洗われて、オトメダカラになってしまいそうなほどに。

どれくらいそうしていただろう。

「……ん、弱音タイム、おしまい」

僕の胸元で小さく頭を振った後、水原さんはゆっくりと顔を上げた。

「湿っぽい話をしたかったわけじゃないんだ。むしろ逆だよ。おばあちゃんに人魚の劇を見せられる機会ができた。その機会を逃さないですんだ。だからこそ……絶対に成功させてみせるって、そう決めたの。それが今の私の『願い』。だけどそれは人魚に叶えてもらうものじゃなくて、自分の力で実現させる『願い』なんだよ」

はっきりとそう口にする。

何て強いんだろうと思った。

本当は悲しくて、不安で仕方がないはずなのに、それに飲みこまれることのないよう毅然《きぜん》として立っている。

そんな彼女が、まぶしく見える一方で、とてもはかなげに思えた。

「それに、まだ分からないよ。もしかしたら医者の見立てが甘かったのかもしれないし、おばあちゃんはサプライズが好きだから、持ち直してくれるかもしれない。私がおばあちゃんと同じ歳になるくらいまでいっしょにいてくれるかもしれない。世の中にあり得ないことなんてないもの。――それこそ、〝七月の雪〟みたいに」

「〝七月の雪〟……？」

聞き慣れない言葉だった。

〝七月〟と〝雪〟という単語が瞬時には頭の中で結びつかない。

「昔、本で読んだんだ。『深き静寂の底に降りたるは〝七月の雪〟。奇跡のように白き希有《けう》な結晶は、貴方《あなた》を想う私の願いが巡り巡ったものなり』って。素敵だと思わない？」

「でも、七月に雪って……」

普通に考えたら、そんなものはあるはずがない。

すると彼女は首を振って、僕の言葉を遮った。

「あるよ。七月に降る雪は、ある」

そして、僕の目を真っ直ぐに見てこう言ったのだった。

「――いつかきみに、〝七月の雪〟を見せてあげる」

❄❄❄

彼女は強い人だった。

強くあろうとする人だった。

本当の彼女は特別強くなんかなくて、泣き虫で甘えたがりな、どこにでもいる普通の女の子だったのに。

きっとこのときも、心の奥底で必死に耐えていたんだろう。

本当は声を上げて泣いてしまいたかったに違いない。

だけど彼女は、そんな素振りはほとんど見せなかった。

僕が彼女の涙を見たのは、たぶんこのときを含めて片手で数えるほどだったと思う。

はじめて彼女と出会ったとき、ハツさんが亡くなったとき、いっしょに暮らさないかと告げたとき、そして……僕の生い立ちを聞いて、抱き締めてくれたとき。

だからこそ、彼女の涙は透き通るほどにきれいだった。

〝七月の雪〟のように。

❄❄❄

6

そうして、七夕祭の当日がやってきた。

朝から学校内は大賑わいだった。校庭には生徒たちの手によるたくさんの屋台が立ち並び、校舎の中にはプラネタリウムやお化け屋敷《やしき》、ミラーハウスなどの様々な出し物が教室ごとに催されている。

演劇は、午後二時から体育館《たいいくかん》で上演されることになっていた。

僕たちは準備のために、一時間前から舞台裏に詰めていた。

「ええと、あそこの台詞は悲しみの感情を強く出すところで、その次は驚きを多めにだったから……あ、に、人魚の衣装の準備は大丈夫かな？」

水原さんが落ち着かない様子でそう口にする。

「夏、それ訊いてくるの五回目だから」

「そ、そっか」

漫才のようなやり取りをする僕たち。

それを見て心配したのか、仁科が声をかけてくる。

「大丈夫か？　水原、なんか顔が青い気がするけど」

「……たぶん。ていうかおそらく。きっと」

「不安しかない返事だな、おい……」

僕だって大丈夫だと思いたい。あれだけ練習をしてきたのだし、あがり症の対策もいくつか考えてはきた。

だけど目の前で仔犬《こいぬ》みたいに落ち着かない水原さんを見ていると、どうしても心配になってしまう。さっきから舞台袖《そで》をうろうろと行ったり来たりしているし、何だか対処法が色々と混ざって掌にジャック・オー・ランタンと書いて飲みこんでいたような気もする。見なかったことにしたけれど。

僕らの周りでは、クラスメイトたちが忙しそうに動き回っていた。大道具係に音響係、メイク係に小道具係、ほぼ全てのクラスメイトがこの場に集まっている。主役の立候補には乗り気でなかったけれど、何だかんだで皆、演劇自体には協力的だった。高校三年間の最後の文化祭ということもあって、思い入れはあるのだと思う。転校してきたばかりの僕にはそこまでの強い気持ちはない。だけどそういったクラスの空気を肌で感じていて、絶対にこの演劇を成功させたいと思った。

やがて開演時間が過ぎて、スピーカーからアナウンスが鳴り響く。

『それではこれより三年一組による演劇、〝人魚の夢〟をはじめます』

「はじまる……」

「大丈夫。練習通りにやればきっとうまくいくから」

「う、うんっ」

水原さんが大きくうなずくのと同時に、演劇がはじまった。


人魚の物語は、漁師が過去を回想するところからはじまる。

病の床に伏して今まさに天寿を全うしようとしている漁師が、かつて自分の願いを叶えてくれた人魚のことを思い出すのだ。

『あれは確か、海が御伽噺のように青く輝く夜だった』

舞台の端に上がって、台詞を読み上げる。

体育館にはそこそこの数の観客がやって来ていた。席の七割ほどが埋まっていることから、文化祭の演劇としては上等だろう。その片隅に、車椅子《くるまいす》に乗ったハツさんの姿があることを確認していた。

場面は漁師の独白から当時の情景へと変わり、そして人魚が登場するシーンへと進んでいく。

『おや、あそこの網にかかっているのは何であろうか？』

漁師の網にかかった人魚。

青い光の演出とともに、水原さんが舞台の中央に姿を現す。客席や舞台袖から歓声が飛んできた。

出だしは問題なかった。

少しばかり表情に硬いところはあったものの、台詞が飛んだり動きを失敗したりすることはなく、水原さんはうまく人魚の役をこなしていた。

海の底から現れるシーン。網にかかってもだえ苦しむシーン。助けてほしいと懇願するシーン。特にミスは見られなかった。

やがて場面は進んでいき、中盤《ちゅうばん》のクライマックスとなる。

ここは、人魚が漁師の願いを叶える大事なシーンだった。

山場だけあって台詞が長く、何度も練習を重ねてきた場面だ。

練習では問題なく通すことができていた。舌を噛みそうなほどの長い台詞を、ほんの二回か三回脚本に目を通しただけで、水原さんは完璧《かんぺき》にそらんじてみせた。僕が褒《ほ》めると、「人魚の話は、おばあちゃんのおかげでだいたい覚えてるからね」と言いながらも、少しだけ照れくさそうな顔をしていたのが印象的だった。

「………」

その水原さんが、口元に手を当てたまま舞台の中央で立ち尽くしてしまっている。動きが完全に止まって、視線が頼りなく宙をさまよっている。

台詞が飛んでしまっているのが、見て分かった。必死に思い出そうとしているのだろうけれど、呆然《ぼうぜん》とした様子でただ口をパクパクと動かすだけである。

「おい、なんか水原、様子が変じゃないか」

舞台袖で仁科がそう叫んでいるのが耳に入ってきた。

どうする。

水原さんの方に目をやるが、彼女が復調する様子はない。

異変を察してか、観客が少しだけざわつきはじめている。

これ以上の沈黙は、さすがにまずかった。

僕は衣装のポケットに手をやった。

「――条件付け？」

「うん」

水原さんの言葉に、僕はうなずいた。

「あがり症の対策として、何か条件を付けるといいらしいんだ。これをやっておけばあがらない。あがってしまってもこれを見れば緊張が解ける。そういう何かを決めておけば、有効だって。ジンクスっていうか、ルーチーンに近いものもあるみたいだけど」

「そうなの？」

「うん」

するとと水原さんは、間を置かずにこう言った。

「ん、じゃあ私、透くんを条件付けにする」

「え？」

「私がもし本番で失敗しそうになったら、透くんが何か条件付けをして目を覚まさせてくれないかな。もちろん自分でもいくつかは考えてみるけど……そんなことを思い出す余裕、ないかもしれないもん」

それは確かにその通りだった。いざというときにとっさに条件付けの行動をすることができるくらいに落ち着いているのならば、そもそもあがったりもしないだろう。

「分かった。何か考える」

僕がそう答えると、水原さんは両手を顔の前で合わせて深く頭を下げた。

「お願い、頼りにしてるからね」

『――この貝殻を耳に当てればいいのか？』

気付いたら、その台詞が口から出ていた。

『音が聞こえる。海の底から響くような、低く神秘的な音。これは何だ』

舞台袖から、仁科たちの声が聞こえてくる。

「なあ、あんなシーン、あったっけか？」

「え、どうだっけ……？」

「分かんない……」

ない。というか使っているのは持ちこんだあのときのサザエだし、完全にアドリブだ。

だけど僕は続けた。

『どこかで聞いたことがあるような、懐かしい音だ。この音はまるで』

「……」

『この音はまるで……貝殻が歌っているかのようだ』

「あ……」

その一言で、水原さんの目に光が戻った。

はっと我に返ったようにぶんぶんと頭を大きく振る。

そして大きく息を吸い込んで、真っ直ぐに客席の方へと向き直った。

『――命を救っていただき、ありがとうございます。やさしい御方。このご恩は決して忘れません。感謝の気持ちとして、この貝殻を耳に当てれば、あなたの願いを一つだけ叶えてみせましょう』

朗々とした声で、台詞を再開する。

それを見た袖の仁科たちクラスメイトがほっと胸をなで下ろす気配が舞台の上にまで伝わってきた。

もう大丈夫そうだった。

『本当に、願いを叶えてくれるというのか』

『はい。ただし行く末に起こることには干渉できません。来し方に起こったことに関するものであるのならば、叶えてみせましょう』

『だったらこの傷をなくしてくれ。傷を負わなかった人生を俺にくれ』

『承知いたしました』

人魚がうなずいて、舞台上が青い光に包まれる。まるで染料が溶け込んだかのような真《ま》っ青《さお》な光。やがて舞台を覆っていた光が収束すると、漁師は傷を負う直前の時間に遡《さかのぼ》っていた。

『これは……』

船の資材置き場だった。困惑する漁師の眼前で、立てかけていた材木が崩れ落ちてきた。これの下敷きになり、漁師は足に大怪我をするのだ。漁師はとっさに地面を転がってそれを避けた。発泡スチロールでできた材木が舞台に散乱する。材木のいくつかは、陸に揚げられていた他の漁師たちの船の上にのしかかりそのいくつかを打ち壊していた。

『助かった、のか……』

ふと気が付くと、漁師は青い夜に戻ってきていた。

夢でも見ていたのだろうか。しかし足にあった、あの見るのも厭《いと》わしかった大きな傷はきれいさっぱり消えてなくなっていた。

『おお、何ということだ。夢ではなかったのか』

見れば網に捕らわれていたはずの美しい人魚の姿も、いつの間にかなくなっている。

果たして漁師の身に起きたことは何であったのか。

漁師が見た夢であったのか、それとも本当に人魚が願いを叶えてくれたのか、あるいは足に傷を負っていたこと自体が漁師の妄想《もうそう》だったのか。

傷がなくなり元通りに漁ができるようになった漁師は、美しい女を嫁に迎えて、幸せな余生を送ったのだという。


客席から大きな拍手が鳴り響いていた。

嫁役も兼ねていた水原さんと並んで、舞台中央でその喝采《かっさい》を受ける。

客席の後ろの方にハツさんの姿が見えた。ハツさんはそのやさしい顔に水原さんによく似た笑みを浮かべて、こちらに向かって静かに手を振っていた。水原さんもそれに気付き、大きく手を振り返す。

二人とも、嬉しそうだった。

その温かな様子を見て、僕も少しだけ幸せな気分になった。

こうして演劇は無事に成功して終わりを迎えたのだった。

7

校庭では、キャンプファイヤーが煌々《こうこう》と光を放っていた。

各所に備え付けられたスピーカーからはゆったりとした音楽が流れ、校庭のあちこちでは生徒たちが思い思いの体でお喋りに花を咲かせたり、音楽に合わせてリズムを取ったり、ジュースで乾杯をしたりしている。

後夜祭だった。この学校でもご多分に漏れず、本番が終わった後に生徒主催の後夜祭があるのだ。

「はー、終わったね」

勢いよく燃えあがるキャンプファイヤーを、僕は水原さんと二人で屋上から見下ろしていた。屋上は立ち入り禁止なのだけれど、なぜか水原さんが鍵《かぎ》を持っていた。出どころを訊くと「それは企業秘密だよ」といたずらっぽい笑みを見せた。水原さんには意外とこういうところがある。高い位置から見ると、キャンプファイヤーはまるで大きな篝火《かがりび》のように見えた。

「だけど無事に終わってよかった。おばあちゃんも喜んでくれたみたいだし」

「夏が壊れたロボットみたいに固まったときにはどうなることかと思ったけど」

「うう、それは言わないでよー。ほんとに頭の中が真っ白になって、わーってなっちゃったんだから」

水原さんが情けない声を上げる。

「でも透くんがいてくれて、本当によかった。今日の殊勲賞《しゅくんしょう》は透くんだね」

「そんなことない。僕は大したことはしてないよ」

ただサザエを持ちこんで、アドリブの台詞を少しいれただけだ。

がんばったのは、やっぱり水原さんだと思う。

だけどそれを聞いた水原さんは首をブンブンと横に振った。

「そんなことなくない。透くんが助けてくれたから、全部うまくいったんだよ。一番は透くん」

「そんなことなくなくないって。夏ががんばったからだよ」

「ううん、なくなくなくない」

「なくなくなくなくない。夏が——」

「なくなくなくなくなくない。透くんが――」

水原さんも譲らない。

「じゃあサザエのおかげだ」

僕はそう言った。

「え？　んー、それはそうかもだけど……」

「それでいいじゃん」

「むー？」

水原さんはいまいち納得していないようだったけれど、そういうことにしておこう。

南の方から風が吹いた。

校舎のある高台は海からそれほど離れていないことから、少しだけ潮を感じる。由比ヶ浜にいるのかと錯覚《さっかく》するような匂いがした。

ふいに静寂が訪れた。

会話の合間の、エアポケットのような静けさ。スピーカーから流れる音楽が一瞬止まり、校庭の歓声が無声映画のようにかき消える。

水原さんは髪をなびかせながら校庭を見つめていた。

その横顔が月に照らされて、ぼんやりと白銀色に光っているように見える。

きれいだと思った。

このままずっと見ていたいと思った。

彼女の存在が、いつの間にか僕の中でこの上なく大きくなっていたことにはじめて気が付いた。

ここに来るまでにした、仁科との会話がよみがえる。


「なあ、後夜祭はどうするんだ？」

「後夜祭？」

「ああ、お前は知らなかったっけ。あるんだよ、この後」

大道具を片付けながら、仁科がこっちを見る。

特に予定はなかった。だけど水原さんといっしょに過ごせたらいいなと、漠然と思った。

「水原とどっか行くのか？」

まるで僕の心を見透かしたかのような仁科の台詞に、思わずドキリとする。

「分からない。約束はしていないし」

「ふぅん、まあ約束なんていらないんじゃね？　こういうのって、何となくお互いに示し合わせて何とかなっちまうもんだろ」

「そんなのは、仁科くらいだよ」

こう見えてこいつはけっこう女子にもてる。特定の相手はいないみたいだけれど、何人かの女子生徒と親しげに話している姿を何度か見かけたことがあった。

「好きなんだろ？」

「え？」

ふいに仁科が言った。

「何だよその顔。水原のことだよ。違うのか？」

「それは……」

言葉に詰まる。

夏のように笑っている水原さん、すねて頰を膨らませている水原さん、嬉しそうな顔をしている水原さん、そして……僕の胸の中で、涙を流している水原さん。

この半月を思い返してみれば彼女の姿ばかりが浮かんでくる。

「違……わない、かも」

そうか、僕は水原さんのことが……好きなのか。

こんなことは、これまでの十八年間の人生を通してはじめてだったので、こうやって指摘されるまでよく分からなかった。

「ったく、自分で気付いてなかったのか。ま、お前らしいっていえばお前らしいけどな」

仁科が呆《あき》れたようにそう言った。

「——僕は、夏のことが好きだ」

まるでここでそう言うことがあらかじめ決まっていたみたいに、気が付けばその言葉は自然に僕の中から出てきた。

「いつからだったのかは分からない。気が付いたら好きになってた。これからも、できれば夏といっしょに同じ時間を過ごしていきたいと思ってる。だから、付き合ってくれない……かな」

静けさのエアポケットはいまだに健在だった。

僕の言葉が空気に溶け、静寂がより強く耳にキーンという音を響かせる。

口にしてから急に恥ずかしくなった。

何をやっているんだ、僕は。後夜祭でキャンプファイヤーを眺めながら告白だなんて、こんなのはあまりにもベタすぎる。一昔前の青春映画じゃないんだから。

でも、口にした気持ちは嘘じゃない。

水原さんといっしょにいたいと思う願いは……紛《まご》うことなき、僕の心からの本心だ。

面映《おもは》ゆさとだけどある種の決意がないまぜになった複雑な心地で、僕は彼女の答えを待った。

「……」

水原さんは顔をうつむかせていて、その表情は見えなかった。

まるで一分が一時間にも思えるような長い間隔。

水原さんの口から出てきたのは、思いも寄らない言葉だった。

「ね……透くん」

「？」

「あのさ、これから行きたいところがあるんだけど、いいかな？」

後夜祭を抜け出して水原さんが向かった先は、由比ヶ浜だった。

鎌倉海浜公園の近くにある、由比ヶ浜の中でも西寄りの場所だ。

思えば夜にこの辺りに来るのははじめてのような気がする。暗く静まり返った人気《ひとけ》のない砂浜は、昼間とはまた違った趣《おもむき》でそこにあった。

「どこに行くの？」

「……」

水原さんは答えなかった。

ただ黙って、僕の手を引いて砂の上を進んでいく。

やがてある場所で足を止めて言った。

「ここだよ」

そして辿り着いた先。

「あ……」

そこで思わず言葉を失った。

眼前にある光景に、文字通り息を呑《の》んだ。


――青だった。

そこにあったのは、圧倒的なまでの青。まるで海の中にいくつもの碧瑠璃《へきるり》が溶けこんでいるかのように、海が青く光り輝いている。間断のない明滅。月の色も、空気の色さえも、ここではどこか青い。天と地とを鮮やかな色彩に挟まれて、どこまでも澄み渡った夜が広がっていた。

「……きれいでしょ。透くんに、これを見せたかったんだ」

水原さんがそう言った。

「『人魚の浜』って呼んでる。ここはまるであのお話に出てくる人魚と漁師が出会った浜みたいだから。これみんな、夜光虫なんだって。夜光虫が何千何万っていう数が集まって、これだけの光量になってるって話だよ」

「夜光虫……」

確かプランクトンの一種だ。波などの刺激に反応して発光する習性があるということは知っていた。だけどそれがここまで神秘的な光景になるだなんて、思いもしなかった。

「きっとね、人魚が漁師と出会った青い夜って、こんな風に素敵な夜だったと思うんだ」

水原さんが視線を海の方に向けた。

「音がなくて透き通るような静かな夜に、世界が青く染められて、そしてその中で人魚は願いを叶えるの。この青は、願いなんだよ。たくさんの人たちの願いが寄り集まって、それらが成就されることを望んで、青く青く光り輝いている。人の想いと心が溶け合ってできたもの。だってそうじゃないと、こんなにきれいなのが説明がつかないよ」

それはその通りかもしれなかった。

もちろんあの光の源がプランクトンの集まりにすぎないということは分かっている。だけど眼前の海のオーロラともいえる美しい光景には、そんな理屈を超える何かがあった。

「ね、透くん。あの人魚の話だけど、実は後日談っていうか、逸話があるの知ってた？」

水原さんがこっちを振り向いた。

「漁師の願いを叶えて人魚は消える。傷のなくなった漁師は仕事に戻り、やがて美しい女の人を嫁に迎えるんだけど、その漁師のお嫁さんになった女の人が、実は人魚が人間になった姿じゃないかとも言われてるんだって」

「人魚が人間に……」

「うん。人魚は漁師に恋をしていて、自分自身のために願いをかけて、人間になった。

そうして漁師のもとへと嫁ぐためにやって来た。本当のところはどうなのか分からないけど、そっちの方が素敵だと思わないかな？」

波間の青が少しだけその光を強めたような気がした。水原さんの言う通り、真実は分からない。だけどそうであってほしいと思える話だった。

「そうだね。うん、そう思うよ」

僕がそう言うと、水原さんは満足そうにうなずいた。

そして何かを決意したかのように両手をぎゅっと握ると、改めて僕の顔を見た。

「それで、あのね」

「うん？」

「話は戻るんだけど、わ、私も、その……」

「……」

「ええと……」

どうしたんだろう。珍しく歯切れが悪い。

首を捻っていると、思い切ったように水原さんが声を発した。

「わ、私も、その、人魚になりたいなあって……」

「？　だれかの願いを叶える存在になりたいってこと？」

「え？」

「そうじゃないなら、魚みたいになって自由に海を泳ぎ回りたいとか？」

そう返すと、水原さんは苦虫を嚙み潰したみたいな表情になった。

「ど、どうしてそういう結論が出てくるかな！　鈍い、鈍すぎる！　せ、せっかく素敵な場所を選んで気の利いた言い回しで返事をしたのにっ」

「え、でも」

「私がなりたいのは、お嫁さんになったって部分のことだよ！」

「……」

水原さんの言っている内容を理解するまで、数秒を要した。

え、それって……

ようやく伝えられた言葉の中身を咀嚼《そしゃく》して水原さんの顔を見ると、暗闇《くらやみ》の中でも分かるくらいに真っ赤《まか》になっていた。

今までに見たどのときよりも、もっとずっとずっと赤くて、そしてもっとずっとずっとかわいらしい。

事態を飲みこむのがやっとの僕に、水原さんが「そ、そういうわけで」と前置きをしてこう言ったのだった。

「えっと、私、色々とめんどくさいところもあるから、もしかしたら迷惑をかけちゃうかもだけど……よろしくお願いします」

「あ、よろしくお願いします」

慌ててそう返す。


この日から、僕たちは付き合うこととなったのだった。

8

世界の色が変わるという言葉があるけれど、それはまさに劇的だった。

水原さん——夏といっしょにいるようになって、僕はそのことを五感の全てで実感した。

色々なことを夏とやった。

夏休みに入ってからも、毎日のように二人で会った。二人で宿題をやって、宝探しをして、海水浴にも行った。僕は砂に埋められて、その上に変な模様を描かれた。憮《ぶ》然《ぜん》とした表情になる僕を見て、夏はお腹を抱えながらおかしそうに笑っていた。そのまま沈みゆく夕陽《ゆうひ》をいっしょに眺めて、『人魚の浜』で青い夜を共有した。

秋にはいっしょに長谷寺の紅葉を見に行って、ピクニックもした。秋の鎌倉は見どころがたくさんで、見て回りたいところは多くあった。鎌倉文学館、高徳院《こうとくいん》の大仏、小町《こまち》通《どお》りの裏道にある隠《かく》れ家《が》的《てき》な老舗《しにせ》カフェ。毎日のようにどこかに出かけて、同じ時間を過ごした。また十月は夏の誕生日《たんじょうび》があったので、当日は二人でお祝いもした。

「名前が夏なのに、生まれたのは秋なんだよ」と夏は苦笑していた。僕がプレゼントで小さなネックレスを贈ったところ、彼女が声を詰まらせながら喜んでくれたことは今でも覚えている。

クリスマスには二人でイルミネーションを眺めながらプレゼント交換をして、大晦日《おおみそか》はテレビの前でいっしょにカウントダウンをした。新年は鶴岡八幡宮でもみくちゃになりながらも初詣《はつもうで》をした。いっしょに絵馬も奉納した。バレンタインデーとホワイトデーには、当然チョコとクッキーを贈り合った。

色々なことがあった。

楽しいこともあったし、大変なこともあったし、悲しいこともあった。

だけど夏と二人だったからこそ、それらを全て乗り越えることができたんだと思う。

僕にとって、夏がこの世界で一番大切な存在になるのに、時間はかからなかった。

こうして一年が終わり。
僕たちは高校を卒業した。

❄❄❄

あの日——僕の世界の色は確かに変わった。

鮮烈《せんれつ》なまでに輝いていた青にさらされて、それまでどこか色あせていた僕の毎日は、鮮やかに色付いた。あの高校三年の出来事から、大学の終わりの夏までにかけては、確かに僕の人生が最も充実していたときだったと思う。

いつだって彼女は僕の隣にいてくれた。

僕の傍《かたわ》らで何気ない毎日を共に過ごして、笑って、怒って、泣いてくれていた。

もしも『願い』を叶えることができるのなら。

そんなものは決まっている。

あの日、あのときに戻って……彼女を、助ける。

それ以外に、僕に『願い』なんてない。

海面に視線を戻すと、海の中は気味が悪いほど青く光っていた。

青というのは死の色とも言われている。生物は常に微弱な光を放っていて、死ぬときに青い蛍光色を発するのだと。

それらがはたして本当に願いの集まりなのか、それともただのプランクトンの発光現象なのかは分からない。分からないし、どうでもいい。

ただ、そこには青がある。

夏が人魚の奇跡だと言い、『願い』を叶えてくれる象徴だと信じていた青が。

ふらふらと、引き寄せられるように海へと歩き出す。

七月の海も、まるでその色に引きずられたかのように夜は冷たかった。

その青い光に包まれて、僕の意識は過去へと戻っていった。

❄❄❄

間章①『巡る夏』

❄❄

目の前には、青い海が広がっていた。

由比ヶ浜の中の、『人魚の浜』と私たちが呼んでいたところ。

御伽噺のように、夜の闇の中で夜光虫の青い光が煌々と輝いている。

ここにこうしてやって来るのは何度目だろう。

あの日、この世界で最も大切な存在を喪って、終わることのない失意の底に落とされてから、もう数え切れないほどの回数を訪れている。

この、青い夜に『願い』を叶えてくれるという『人魚の浜』を。

私はあれを『願い』だと信じている。

あの神秘的なまでに青い光は、人々の『願い』が寄り集まって、光として昇華したものだと。だってそうでなければ……あそこまで美しく輝くはずがない。

私の『願い』はたった一つだ。

叶えてほしいと思う、心の底からの『願い』。それは私にとって、何を置いてでも成就させなければならないものだ。
眼前の青に『願い』を託す。
心からの想いと祈りをこめ、私はつぶやく。
再び夏が巡ってくれますように。
また〝七月の雪〟を並んで見られる日が来ますように、と。
そして。
――どうか、あの人を助けさせてください、と。

❄❄

第二話『七月の雪』

❄❄❄❄

まだ小さな子どもだった頃に、人魚に助けてもらったことがあった。

あれは確か祖母に連れられて、由比ヶ浜で泳いでいたときのことだ。

異変に最初は気付かなかった。ただ、波が少し変な動きをしているなとは思った。気付いたときには遅かった。沖に身体が持っていかれていた。当時は離岸流なんていう言葉は知らなかったけれど、すぐにこれはまずいと分かった。助けを呼ぼうとしても周りに人はいなかったし、ビニールシートに座っている祖母は居眠りをしてしまっている。

塩辛い海水が喉を通って肺《はい》に入った。

息ができない。頭の中が真っ白になっていく。

死というものを、はじめて意識した。

そのときだった。

何かが、僕を水の底から引っ張り上げた。

真っ白な女の子だった。

歳は小学校高学年くらいだっただろうか。まるで魚みたいな滑らかな動きで海を駆け抜けると、あっという間に僕を岸に引きあげてくれた。

咳きこみながら苦しげに水を吐く僕の背中を、彼女はやさしくさすってくれた。

彼女の顔は、逆光でよく見えなかった。

だけど、その夏のような空気が印象的だったのは、覚えている。

❄❄❄❄

0

どこか懐かしい匂いが鼻を突いて、僕は目を覚ました。瞼を開くと薄《うす》く射しこむ光とともに焦げ茶色をした天井が目に入り、僕はゆっくりと身体を起こした。部屋の中にはいい香りが漂っている。これは赤味噌《あかみそ》の匂いだ。耳を澄ませば、庖丁《ほうちょう》でまな板を叩くトントンという規則正しいリズムの音が聞こえてきた。

リビングに向かうと、エプロンを着けた夏の後ろ姿が目に入った。テーブルの上には炊きたての白米と大根の味噌汁、玉子焼きとほうれん草の胡麻和《ごまあ》えが並んでいる。おいしそうだ。

「あ、起きたんだ、おはよう」

「おはよう」

僕に気が付くと、夏はパタパタと足音を立てながら近づいてきた。

ふわりと、夏の匂いが漂う。

「透くん、今日は一限からなんだっけ?」

「そう。それが終わったら図書館でレポートを書かないと」

「そっか。じゃあたくさん食べて体力をつけていかないとね」

ぐっと腕を曲げて力こぶを作る素振りを見せる。

大学生になった僕たちは、鎌倉市街にある小さなコーポでいっしょに暮らしていた。銭洗《ぜにあら》い弁天《べんてん》や佐助稲荷《さすけいなり》が近くにある、物静かな住宅地の一角だ。高校卒業とともに僕は実家を出て一人暮らしをはじめて、紆余曲折《うよきょくせつ》があった末に、それに夏も付き合ってくれた形だ。

小さな円形のテーブルを囲んで、いただきますと手を合わせる。

まずはほうれん草の胡麻和えから手をつけた。

「おいしい」

「ほんと？」

僕がそう言うと、夏は嬉しそうに目を輝かせた。

「うん、何だか懐かしい味がする」

「それ、味つけが古くさいってことかな？」

「そうじゃなくて、安心できる味ってこと」

夏は料理が上手《うま》かった。和食から洋食、中華にエスニックと、何でも器用に作ってくれた。中でも和食はお祖母ちゃん仕込みということもあって、レパートリーが豊富で多彩だった。家事は交代でやっていたけれど、夏が当番の日が楽しみだった。

紫蘇《しそ》と梅肉《ばいにく》が入った玉子焼きを口に運びながら、僕は尋ねた。

「夏は今日はお店？」

「うん。お昼くらいから手伝う予定」

「じゃあ夜まで？」

「そうなるかな」

大学生になった、とはいっても、大学に通っているのは僕だけだ。彼女は進学せずに、実家の仕事を手伝っている。

「じゃあ、大学が終わったらそっちに寄るよ。六時くらいで大丈夫？」

「ん、分かった。待ってるね」

朝食を終えると、洗面所で顔を洗って、歯を磨く。寝間着《ねまき》を脱いで洗濯機《せんたくき》に突っ込み、教科書などの荷物をカバンに詰め込む。部屋の窓からはこの時間にもかかわらず強い日差しがガラス越しに照り付けてきていた。机の上に置かれている、夏手作りの貝殻で装飾されたフォトスタンドが光にさらされてキラキラと輝いている。天気予報によると梅雨《つゆ》はすでに先週に明けていて、今日も一日中晴れらしい。暑くなりそうだ。

「いってきます」

そう言って、僕は部屋を出た。いってらっしゃい、と弾むような夏の声が背中から追いかけてきた。


彼女と、夏と暮らしはじめてから、もうすぐ二年が経つ。

長いような、短いような、色々なことがあった二年間だった。

それまでの十八年間を違う家庭で育ってきた二人が同じ屋根の下で寝食をともにするということは、相応にエネルギーのいることだ。意見や習慣が合わないことだってあったし、些細《ささい》なことでぶつかることもあった。もちろんケンカだってした。彼女は怒ると黙りこんでしまうということもそのとき知った。でも最後には必ず仲直りをしたし、三日以上はケンカを持ち越さないことを約束したりもした。

最初の一ヶ月くらいは、ほとんど探り合いだったと思う。これはやっても大丈夫。これはダメ。これをするときには互いの了承が必要。だけど答え合わせをしていくうちに、彼女の新しい一面を知ることができた。たとえばケンカをすると黙りこむこともそうだし、何かに集中しているときに耳たぶを触るクセもそうだ。好きな食べ物は真っ先に手をつけるのも初めて知ったし、意外と寝相が悪いことも知った。他にも様々なことが分かった。

そのことを指摘すると、夏は小さく笑った。

「それは透くんも同じだよ。ブロッコリーが好きじゃないなんて初耳だし、あんなに猫舌《ねこじた》だとは思わなかった。意外ときれい好きなことも知らなかったもん」

きっとルールなんてものは、そうやって作られていくんだと思う。細かなすり合わせを重ねることで少しずつ二人の関係性を構築《こうちく》していくのだ。大変なこともあったけれど、そういったやり取りは、僕には新鮮で楽しいものだった。

そして二人で過ごす時間が増えていくと同時に、夏への想いも強くなっていった。

明るく無邪気に笑う夏、ベランダから外を眺める夏、納得がいかないことがあって頬をふくらませる夏、映画を見ながら真剣な表情をする夏、料理をおいしそうに食べる僕を見て喜ぶ夏。その全部が愛《いと》おしかった。きっと、二人で暮らしはじめる前よりもずっとずっと彼女のことを大切に感じるようになっていたと思う。

幸せだった。

もしかしたらこういうものが、〝家族〟というものなのかもしれないとまで、感じはじめていた。

それはこれまで僕が触れてきた〝家族〟とは、まるで違うものだったからかもしれない。

1

コーポを出て少し歩いたところで、スマホが震えた。

ポケットから取り出して確認すると、仁科からだった。

『よ、今晩ヒマ？　飲みに行かねぇ？』

仁科との付き合いは、大学生になってからも続いていた。

はじめて会ったときの印象通り、性格的には正反対といっていいくらいなのに、僕らは不思議と気が合った。文化祭後の高校の残りの八ヶ月間は、つるんで色々なことをやった。夏と付き合っていることも最初にばれたのは仁科相手にだ。

「え、お前らそれ、隠してるつもりだったの？」

嘘だろ、そういうプレイかと思ってた。そう言って、仁科はおかしそうに笑っていた。

気の良いやつだった。

見た目は金色に染めた短髪という、どちらかといえば近寄りがたい感じだけど、話してみれば人好きのする性格でとっつきにくいところもない。不思議と人の心にすんなりと入ってくるところがあった。

仁科は、鎌倉から電車で三十分ほどのところにある湘南台《しょうなんだい》にある大学に通っていた。この辺りでは偏差値《へんさち》の高いことで有名な私立大学だ。確かに高校では成績優秀だったけれど、まさかそこまでとは思っていなかったため、聞いたときは驚いた。

「ま、これくらい俺なら楽勝だよ。朝飯前ってとこかな」

「あんなに授業をさぼってばっかりだったのにな」

「ま、才能ってとこだよ。天才ってやつ？」

「本当にそうかもな」

「って、冗談だって。マジにすんなよ。ほら、何といってもあそこは数学と小論文だけで大丈夫だからな。受験科目が少ない方が楽だってことは知ってるだろ？」

「それでも十分すごいよ」

ちなみに僕はというと世間的に中の上くらいの大学に進むのがせいぜいだったので、仁科と会うときはたいていお互いの大学が終わった後に、飲みながらになる。

今日は夏の実家に行く約束をしていたので、飲みは明日《あす》に延期してもらうことにした。その旨のメッセージを返すと、すぐに『了解。じゃあいつものとこでな』という短い返事が戻ってきた。


夏休み前の大学は、どこか気怠《けだる》い空気に包まれている。

高校までとは異なり、大学の夏休みは長い。早いところだと七月の上旬からはじまって、そのまま九月の後半まで続くところもある。およそ二ヶ月半の長期休暇は、その間に学業への理解を深めよということなのだろうけれど、たいていは遊びやバイトの予定で埋まってしまう。それは僕も例外ではなくて、夏との予定やバイトをしているファミレスのシフトでほとんどスケジュールはいっぱいだった。

キャンパス内にはあまり人の姿は見られず、それに反比例するかのように蟬がうるさいくらいに鳴いていた。アブラゼミ、ミンミンゼミ、クマゼミ。それぞれその存在を主張するかのように声を響かせていて、大合唱となっている。

授業に向かう前に、学生センターの掲示板で今後の予定を確認していると、ふと後ろから声をかけられた。

「よ、相原じゃん」

話しかけてきたのは、同じゼミの同級生だった。名前は確か……井上《いのうえ》だったか。席が近くて、年度のはじめに何度か話したことがあるくらいの間柄だった。

「来てたんだな。小林《こばやし》教授の語学？」

「あ、うん」

「休講が多かったから仕方ないとはいえ、こんな時期にまで一限があるのはやめてほしいよな。あ、そういえばゼミの夏合宿、来ないの？」

「あ、悪い。ちょっと都合が悪くて」

「またかよ。相原、飲み会とかもいつも来ないよな。たまには顔くらい出せばいいのに」

「あー、うん」

他意はないだろう明るい誘いに、曖昧《あいまい》な声を返す。

スケジュール的には行こうと思えば行けないわけではなかった。だけどどうしても気が乗らないのだ。

今にはじまったことではないとはいえ、いつの間にか人とは距離を取るクセが染みついてしまっていた。普通に会話をすることはできる。コミュニケーションをとることはできる。だけどそれ以上は踏み込むのも踏み込まれるのも自然と拒否してしまう。

目の前の相手に心を許して親しく笑い合っている姿が想像できないのだ。そう考えると、やっぱり夏と仁科は特別だったんだと思う。

適当に世間話をして井上とは別れて、授業が行われる大教室へと向かった。

❄❄❄❄

昼食は、由比ヶ浜まで戻ってきて食べることが多かった。

大学からはそこそこ距離はあるのだけれど、食事をしながら聞こえる波の音が心地好《よ》くて気に入っていたからだ。夏と知り合って以来、ここは僕にとって最も落ち着く場所の一つとなっていた。

昼下がりの砂浜は海水浴客で溢れていて、大変な賑わいを見せている。そこからは少し離れた場所で、僕は夏が作ってくれたおにぎりを口に運んでいた。おにぎりの具は梅《うめ》おかかと大葉《おおば》で、食欲が落ちがちなこの時期でも食べやすいようにと工夫がされていた。おいしい。

しばらくのんびりとおにぎりを堪能《たんのう》する。

おにぎりを食べ終わってぼんやりと海を眺めていると、ふと白い陽炎《かげろう》のようなシルエットが目に入った。

見たことのある顔だった。あれは……あのときの女の子だ。まるで人魚のような雰囲気を持った、足を引きずっている女の子。はじめて会ったとき以来、ときおりこの辺りで姿を見かけた。だけどあのときのように話しかけてくることはなくて、ただこちらと目が合うとはにかんだように会釈をするだけだった。

だけど今日は違った。

足を引きずりながらゆっくりとこっちに向かって歩いてくると、女の子はぺこりと頭を下げた。

「こんにちは」

「あ、こんにちは」

挨拶を返す。

にこやかな笑みを浮かべる女の子の顔には、やはりどこか見覚えがあった。

「いいお天気ですね」

「そうだね」

「隣、いいですか?」

僕がうなずき返すと、女の子は僕の隣にちょこんと座りこんだ。その際に少し不便そうにしていたので、やはり足に目が行ってしまう。その視線に気付いたのか、女の子は眉尻《まゆじり》を下げた。

「この足は生まれつきなんです」

そっと撫《な》でるように自分の足に手をやる。

「色々と不都合なこともありますけど、もう慣れました」

「そう、なんだ」

「はい。でも、いいんです。この足は、私の『願い』が叶うという約束でもあるんですから……」

「……？」

女の子が何を言っているのか、いまいちよく分からなかった。

この子は何だか、意味深なことばかりを言う。夏を巡っているとか、不自由な足が『願い』の約束とか。

怪訝な表情になる僕に、女の子はこう尋ねてきた。

「あなたには『願い』はありますか？」

「願い？」

「はい」

「……」

女の子がどうして急にそんなことを訊いてきたのかは分からない。

だけど僕には、確かな『願い』があった。

何をおいてでも叶えなければならない強い『願い』。

そのために今、僕はこうしていると言っても過言ではなかった。

「あるよ」僕は答えた。「どうしても叶えたい、叶えなければならない『願い』は……ある」

「そう、ですか……」

まるで僕がそう答えることを分かっていたかのように、女の子は顔をうつむかせた。

その顔が、どこか泣き笑いのような複雑な表情に見えた。

頭の真上にある太陽が、その顔を隠すかのように強い日差しで照り付けていた。

❄❄❄❄

2

片瀬江ノ島《かたせえのしま》駅は、夕方を過ぎてもたくさんの人で賑わっていた。

観光地としても有名な江の島は、この時期は海水浴客や観光客、釣り客などが大勢押し寄せる。もちろん来訪のピークは昼間であるけれど、今日はこれから近くでイベントがあるということもあって、この時間も多くの人によって道のほとんどが埋め尽くされていた。

小田急線《おだきゅうせん》の印象的な赤い駅舎を出て、江の島弁天橋を渡って、本島へと歩を進める。吹きさらしの橋の上は風がよく通って、ここに来るまでに汗だくになってしまった身体を少しだけ冷ましてくれて心地いい。五分ほどかけて橋を渡りきると、すぐに商店街の入り口が見えてきた。

夏の実家は、商店街で飲食店をやっていた。海鮮丼をメインとして出す店だ。家業としてもともと漁師をやっているため、新鮮な魚介類を扱うことができるのが売りであるらしい。夏のこの時期は、生シラスが特におすすめとのことだった。

「あら、透くん、いらっしゃい」

商店街の一角にある店を訪れると、夏の母親——奈々子《ななこ》さんが笑顔で迎えてくれた。

「こんばんは」

「今日も大学だったの？　お疲れさま。夏は奥にいるわよ」

「え、ちょっと待って。まだ着替え終わってない！」

店の奥からそんな悲鳴のような声が聞こえてきた。

「ねえお母《かあ》さん、帯ってどうやって結ぶんだっけ？」

「前におばあちゃんに教えてもらってたでしょ」

「そんなこと言われても分からなくなっちゃったんだもん」

どうやら夏は浴衣《ゆかた》と格闘《かくとう》しているようだった。まだ時間がかかりそうだ。

奈々子さんが苦笑しながら言う。

「ごめんね、透くん。あの様子じゃもうちょっと遅くなりそうだから、よかったら夕ご飯でも食べて待ってて。夏が透くんに作った愛のこもった特製大盛り海鮮丼があるから」

「も、もう、愛のこもったとか言ってない！」

そんな叫びが聞こえたものの、出された海鮮丼には具材が明らかに売り物よりもたくさん入っていた。生シラスがこんもりと盛られ、大きな海老《えび》が二尾、丼からはみ出している。

それらを口にしながら夏を待つ。

いつ来てみても、この店は和やかな雰囲気だった。

奈々子さんたちはもちろん、通ってきているお客さんたちもいい人ばかりで、奈々子さんと夏のやり取りを微笑ましい目で見てくれている。

夏の両親は、朝から夜までこの店で働いている。店が休みの日も漁に出ているし、そうでない時間も仕込みやその他の雑事で忙しいらしい。それゆえに、どうしても小さい頃に夏の面倒を見るのはハツさん任せになってしまっていたとのことだった。

「これも食べてもらえ」

と、店の奥の厨房《ちゅうぼう》の方から低い声がした。おそらく重行《しげゆき》さんだろう。奈々子さんが厨房へ駆けていき、立派なアジの姿造りを持って戻ってきた。「はい、これ。あの人から」。

夏の父親である重行さんは、寡黙《かもく》な人だった。昔の職人気質《かたぎ》な性格で、気軽に話しかけられない雰囲気を持っている。だけど決して相手に対して関心を持っていないわけではない。ただぶっきらぼうなだけなのだ。とはいっても、はじめて会ったときにはその威圧感に圧倒されっぱなしだったけれど……

はじめてここを訪れたときのことを思い出す。

あれは確か高校三年の夏休み。僕と夏が付き合いはじめて一ヶ月が経った頃だった。

「ねえ、今日はうちに来ない？」

「え？」

その日、いっしょに夏休みの課題をやるために鎌倉駅前で待ち合わせたときに、夏が唐突《とうとつ》にそう言った。

「あのね、昨日《きのう》両親と話してて、透くんの話が出たの。その……付き合ってる人がいるって。そしたら連れてきなさいって。図書館でいっしょに宿題をやる約束もしてたし、ちょうどいいかなと思って」

「え、でも」

急にそう言われても心の準備ができていない。

曲がりなりにも、その、彼女の家をはじめて訪れるというからには、それなりの準備期間というか決意というものが必要だと思う。

だけど夏はまったく気にした様子もなくあっけらかんと笑った。

「いいからいいから。別にそんな大層なものじゃなくて、散歩の途中にちょっと立ち寄ったくらいの軽い心構えで大丈夫だよ」

その軽い心構えのハードルが高い。そう言おうとしても流された。

結局、夏に押し切られる形で彼女の家へと向かうことになった。

せめてと思い、向かう途中で水菓子を手土産《てみやげ》に買う。由比ヶ浜にある有名な店のわらび餅《もち》だ。夏は別にそんなの気にしなくていいのにと言っていたが、そういうわけにはいかない。

夏の家は江の島にあった。江の島の商店街でお店をやっているが、今日は定休日なのだという。

実を言うと、少しだけ気が乗らなかった。

夏の両親に対して僕は疑念を持っていた。夏の話では両親は仕事で忙しく、彼女の面倒をハツさんに任せっきりだったと聞いていた。だから子どもにあまり関心のない両親なのかと思っていた。だとしたら……僕にとっては、少しばかり苦手なタイプかもしれない。

「ただいま！　連れてきたよ」

　夏が勢いよく扉を開けると、中には柔和そうな表情をした女性が立っていた。

「おかえり、夏。そちらが透くん？」

「うん、そう」

「やっぱり。うん、想像通りやさしそうな子。ほらあなた、夏が彼氏を連れてきたわよ」

「……ん」

　おそらく夏の母親であろう女性の声を受けて、奥から体格のいい男性が姿を現す。

「はじめまして、透くん。夏の母で、奈々子です」

「……夏の父の、重行だ」

「は、はじめまして。相原透です。夏さんとお付き合いさせていただいています」

　おそるおそる挨拶をすると、夏の母——奈々子さんがにっこりと笑った。

「そんなに緊張しないで楽にしてちょうだい。いらっしゃい、透くん。はじめて夏が彼氏を連れてくるっていうから、昨日から大騒《おおさわ》ぎだったのよ。ほら、彼氏が家にまで来てくれるなんてめったにないことだから、せっかく来てくれる彼氏に失礼がないようにって」

「ちょ、ちょっと！　恥ずかしいから、あんまり彼氏彼氏言わないで。それに大騒ぎとか、してない」

「してたじゃない。昨日から部屋を片付けたり、部屋着はどれがいいかってとっかえひっかえ持ってきたり、床の間に飾る花を替えたりして、バタバタしてて」

「そ、それはそうだけど」

「うふふ、夏のそんなところ、はじめて見たわ。ねえ、あなた」

「……ん」

　奈々子さんの言葉に、夏がもにょもにょと口ごもり、重行さんが小さくうなずく。

　その僅かな時間のやり取りを見て、僕の懸念《けねん》は思い過ごしだったとすぐに分かった。

　この家族は、きちんと繫がっている。忙しくて共有する時間は少ないのかもしれないけれど、根っこのところでは互いに互いのことを想い合っている。目には見えないけれど確かな家族の絆《きずな》がそこにはあった。

　何だ——うちとはぜんぜん違う。

　他人に興味が持てずに、家族の間ですら互いに無関心で、どこまでも冷え切っていたうちの家族とは。

　安心したような拍子抜けしたような複雑な気分でいると、夏が不思議そうな顔で声をかけてきた。

「？　どうしたの、透くん？」

「ん、何でもないよ」

「⁇」

その日は大変だった。

娘がはじめての彼氏を連れてきたということで、水原家をあげて歓迎された。奈々子さんからは二人の馴《な》れ初《そ》めを訊かれ、照れる夏の横でしどろもどろになりながら出会いの経緯を話した。重行さんが無言で立派な真鯛《まだい》の姿造りを出してきて、緊張でほとんど食べ物が喉を通らない中、僕はそれを何とか完食した。その後には奈々子さんがアルバムを持ち出してきて、それを見た夏が悲鳴を上げたり、僕に目隠しをしてきたりして大変だった。賑やかでドタバタと落ち着きがなかったけれど、それは笑いが絶えないとても楽しい時間だった。

「ちょっと恥ずかしかったけど、やっぱり透くんを連れてきてよかった」

別れ際に、夏がそう言ったのが印象的だった。

あの日のことを、僕はずっと忘れないと思う。

❄❄❄❄

「はー、やっとできた」

浴衣姿の夏が姿を現したのは、特製海鮮丼を食べ終わってから十五分後のことだった。

朝顔柄の華《はな》やかな浴衣の袖を揺らして、夏が少しだけうかがうように僕を見上げた。

「どう、かな……？　変じゃない？」

「うん、いいと思う。すごく似合ってる」

「！」

夏が、鳩《はと》が豆鉄砲《まめでっぽう》を食ったような顔をした。

「どうしたの？」

「……透くんが意外とはっきりほめてくれるもんだから、照れた」

赤い絵の具で染めたように真っ赤になってしまう。そんな夏を見て、かわいいと思うと同時に、僕まで照れくさくなってしまった。

照れ隠しに手を差し出すと、そっと握り返してきてくれた。柔らかくて温かい、そこに夏があるみたいな手。背中から奈々子さんの「いってらっしゃい」というやさしい声が聞こえてきた。

「行こう」

僕たちがこれから向かうのは、由比ヶ浜で行われる鎌倉花火大会だ。

由比ヶ浜海岸などの海沿い地区を会場とし、打ち上げ数は約二千五百発、十三万人を超える人出がある、全国でも有数の花火大会。中でも花火玉を海に打ち上げることによって、夜空ではなく水上に花を咲かせる水中花火が見物とのことらしい。

由比ヶ浜へと向かう沿道にはたくさんの屋台が出ていた。途中でいくつかを覗いてみて、焼きそばとタコ焼きとお好み焼きを買う。両手いっぱいに食べ物を確保して、夏はご満悦《まんえつ》の表情を浮かべていた。

「やっぱりおいしいものがたくさんあると、心がウキウキするよね。炭水化物って正義だと思う。あ、あっちにかき氷がある！　綿菓子と、リンゴ飴《あめ》も！」

その笑顔は完全に食いしん坊の笑顔だった。

「よく食べるね」

夏の家で海鮮丼を食べてきたため、僕はタコ焼きをつまむくらいが精一杯だ。

「甘いものは別腹だから、いくらでも入っちゃう。透くんも食べる？」

「僕はもうギブアップ」

細い身体からは想像もつかないくらい、夏はよく食べた。これだけたくさんカロリーを摂取していたら少しくらいは太ってもよさそうなものなのに、その兆候はまったく見られない。いや、もしかしたら浴衣の下の見えない部分はそうでもないのかもしれないけれど。

「あ」

と、そこで夏が振り向いて僕の目を真っ直ぐに見た。

「な、何？」

内心を見透かされたのかと思い狼狽《ろうばい》すると、彼女は思いがけないことを口にした。

「食べられないといえばさ、透くんがはじめてうちに来た日、あのときも鯛のお刺身、透くん、食べきれなくて残してたよね」

「え、そうだっけ？」

「うん。意外に小食なのかなーって思ったもん」

「いや、あのときはがんばって全部食べたと思うんだけど……」

「ん、あれ？　ううん、違う違う。残してたよ、絶対」

強い口調でそう主張する。

どうだっただろう。そう言われてみればそんな気もしてきた。何だか頭の中がモヤモヤとする。というか、夏の実家に行く度にたいてい何かの姿造りを出されるので、正直記憶は曖昧だった。

「あ、花火、はじまるよ！」

夏に言われて視線を上空に向ける。するとそこには、夜空を彩る大輪の花々があった。

「うわぁ……」

夏が小さく声を上げる。

光と音との饗宴《きようえん》。

菊《きく》花火、牡丹《ぼたん》花火、スターマイン、そして水中花火。

夏の花火には、鎮魂《ちんこん》の意味もあるのだという。死者の魂の安寧《あんねい》と平穏を祈って夜の闇に花を咲かせる。この『人魚の浜』で見る花火には、不思議とその趣が濃《こ》く感じられた。

空を見上げながら深く息を吐く。

思えば自分がこうしてだれかと花火を見上げている日がくるなんて、想像もしていなかった。心を許せるだれかが隣にいるという現実。僕にはそういう相手は現れないのだと思っていたし、事実、夏と出会うまではだれも好きになることはなかった。どうしてだろう。夏は特別だ。彼女の明るく夏のようであると同時にどこか芯《しん》の通った表情に、何かしらの懐かしい面影を感じていたからかもしれない。

降り注ぐ花火の光に目を細めながらそんなことを考えていると、そっと僕の腕に細い夏の腕が絡められた。僅かに重さがのしかかる。その小さな重さと温もりは、きっと幸せの象徴なんだと思う。確かな夏の感触を感じながら、僕たちは空を見上げていた。

やがて最後に連発して打ち上げられた花火が夏空を真昼のように染めて、花火は終わった。

夜空に暗闇と星の光が戻り、辺りには刹那《せつな》の静寂の後に見物客たちの声が響きはじめる。それでもしばらくの間、咲き誇っていた夜の花の匂いを感じながら、夏と僕は空を見上げたまま立ち尽くしていた。映画のエンドロールが流れ終わるまで席を立たないように、静寂の余韻《よいん》に浸るのが好きだった。

「――来年も、またいっしょに来よう」

そんな言葉が、自然と口からこぼれた。

たぶん、心から素直にそう望んだことだったからだと思う。

だけど僕がそう言うと、夏は首を横に振った。

「……そんなの、やだ」

「え？」

思いも寄らぬ否定の言葉に思わず夏の顔を見ると、彼女はこう続けた。

「……来年だけなんて、やだ。来年だけじゃなくて、再来年も、その次も、その次の次も、ずっと透くんといっしょがいい」

「え、それって……」

驚いて夏の顔を見ると、彼女は真っ赤になっていた。まるで大きなリンゴになってしまったみたいに、耳まで赤い。

「も、もう……なんか、透くんの前だと私、恥ずかしいことばっかり言ってる気がする」

「夏……」

「透くんが悪いんだからね、もう」

「ん、ごめん」

そのまま、僕たちは暗がりの中でそっと唇を重ねた。触れるだけの、穏やかで簡素なキス。夏の唇からは、リンゴ飴の甘い味がした。

花火の後の火薬《かやく》の匂い。

どこか柔らかな夏の夜の空気。

喧噪《けんそう》に紛れて小さく響く波の音。

こんな時間が永遠に続けばいいと思った。

終わることのない、巡り続ける夏の中で、永遠に。

しばらくの間、浴衣越しに互いの体温を感じ合っていて、夏がぽつりとつぶやいた。

「ずっと、こんな毎日が続けばいいのに……」

「夏……？」

「透くんがいて、私がいて、穏やかで幸せな毎日が、ずっと……」

そう言って、夏は僕の浴衣を握っていた手にきゅっと力をこめた。

そして小さく僕を見上げて、こう口にした。

「――そうだ、もしかしたら、そろそろ見せられるかもしれない」

「？　何を？」

僕がそう尋ね返すと、夏はちょっとだけ不満そうに人差し指を立てた。

「忘れちゃったの？　――〝七月の雪〟、だよ」

❄❄❄❄

❄❄❄

〝七月の雪〟。

実際彼女がそれを見せてくれるのは実のところけっこう先になるのだが、それを見たときに僕が抱いた感想は、想像していたものとは少し違っていた。

深海に住む人魚が踊りを舞うことで降り注ぐという真っ白な粒子。

だけどそれは、確かに雪だった。

七月に降る、雪だった。

❄❄❄

3

待ち合わせは、駅前の居酒屋だった。

全国にチェーン展開されている大学生御用達《ごようたし》の安居酒屋。お互いの家が鎌倉駅を挟んで反対方向にあったため、仁科と飲むときはここを使うことが多かった。

時間に五分ほど遅れて到着すると仁科はもう来ていた。ビールジョッキを傾けながら、黙々と枝豆《えだまめ》をつまんでいる。僕に気付くと枝豆の皮を小鉢に捨てて、片手を上げた。

❄❄❄

「よ、久しぶりだな」

「先週会ったばかりだろ」

「ん、そうだっけか？」

「そうだよ。仁科が翌日までのレポートが終わらないって言って、景気づけに飲んだんじゃないか」

「あー、そんなこともあったたっけな」

仁科と話すのは、たいていはどうでもいいような内容ばかりだった。落としそうな単位がある。ここ一週間で食べた中で一番うまかったラーメン屋はどこか。最近テレビによく出るようになったあの女性芸能人はかわいい。大学生男子二人が居酒屋でする会話なんて、こんなものだと思う。

「水原とはうまくやってるのか？」

「ん、おかげさまで」

「そうか。結婚とかは？」

「まだそこまでは考えてないよ。でも、いずれ……とは思ってるけど」

夏といられる時間は、今では僕にとってかけがえのないものになっていた。まだ具体的に話をしたことはないけれど、そういう話をできる日がそう遠くない将来にやってくれればと考えていた。うぬぼれではなくて、きっと夏も同じように思ってくれていると思う。

「まあ、お前らが別れるってのも想像つかないよな」

手に持ったビールを一気に飲み干して、仁科が言う。僕もジョッキの中身を半分ほど減らした。

「高校のときから、ラブラブだったもんな。二人で授業を抜け出して、何だっけ、ビーチコーミングをやりに行ったりとかで」

「そういうこともあったな」

「ホントにいつでもいっしょにいたよな。もう傍《はた》から見てて恥ずかしいくらいだったんだぜ。もうお互いの世界には相手しかいませ～んって感じで」

仁科が気持ち悪く身体をくねらせる。僕はその肩を軽く叩いた。

とはいえ確かに——あの頃の僕たちは、互いのことしか見えていなかったと思う。二人で何かをするだけで楽しかったし、それこそ並んで海を眺めているだけで幸せだった。今もそう変わらないだろうと突っこまれれば、口をつぐむしかなくなってしまうのだけれど。

仁科が枝豆を口に放りこみながら言った。

「でもまあ、なるべくしてそうなったってことだよ。確かにお前たちはお似合いだったんだろうさ。確か水原の方から告白したんだっけか？　由比ヶ浜で」

「え？」

その言葉に引っかかりを覚えた。

些細だけれど、確かな違和感。

「いや、告白したのは僕の方からだよ。場所は由比ヶ浜で間違ってないけど」

「え、そうだったか？」

「うん」

仁科の言葉にうなずき返す。

何だか釈然としない感じだった。少し前にも、こんなことがあったような覚えがある。

そのことを話すと、仁科が楽しそうにこう口にした。

「そういうのを、マンデラ効果っていうらしいぜ」

「マンデラ……？」

聞いたことのない単語だった。

「ああ。過去の記憶がいつの間にか事実と反するものになってしまっている現象のことをそう言うんだ。実際は二〇一三年に亡くなったネルソン・マンデラが、一九八〇年代に獄中死していたと多くの人が思いこんでいたことに由来するらしい。並行世界の可能性を示す現象だっていう説もある」

仁科は大学で量子物理学とかいうものを学んでいるらしく、時々こういう難しいことを言い出す。言っていることはだいたい半分くらいしか理解はできなかったけれど、そういった蘊蓄《うんちく》を仁科から聞くのは楽しかった。

「要するに、この宇宙には無数の多次元世界が同時に存在していて、俺たちはそれらの間を常に行き来しているんだ。事実と反した過去の記憶は思い違いなんかじゃなくて、違う可能性の世界――並行世界で起こったことであって、その並行世界における自分の記憶に触れた証拠だって、そういう仮説があるんだと」

並行世界。昔、SF小説などで読んだことがある。いわゆるパラレルワールドというやつだ。

「つまり、僕はいくつかある並行世界の一つで自分から夏に告白していて、何かの拍子にその記憶が事実だと思いこんだかもしれないってことか？」

「お、物分かりがいいな。そういうことだよ」

仁科が満足げにうなずく。

「もちろん逆かもしれないけどな。水原の方から告白した並行世界があって、俺がその記憶に触れただけかもしれない。あるいは、俺もお前もどちらも並行世界の影響を受けているのかもしれない」

「それ、結局思い違いを壮大に言っただけなんじゃないか？」

「まあ、そういう考え方もあるな。ただ、本当のところは分からない。この世の中では、何でもあり得るってことだ」

世の中にあり得ないことなんてない、それこそ〝七月の雪〟のように。

いつかの夏の言葉が頭にリフレインした。

「ま、色々言ったが、たぶん俺が勘違いしているんだろうさ。ただの酔っぱらいの戯《ざ》れ言《ごと》だから気にすんな。ほら、それよりもっと飲もうぜ」

「まだ少し残ってる」

「じゃあ今から空ければいい」

仁科がジョッキを押し当ててきて、本日何回目かの乾杯をする。

結局、飲み会はその日が終わろうかという時間まで続いた。


その日は月がきれいな夜だった。

いつもよりも鮮明な丸い輪郭《りんかく》はどこか青みがかっていて、まるで『人魚の浜』の夜光虫たちが月に昇っていったかのようだ。こういった現象をブルームーンというのだと、何かの本で読んだことがあった。

少し酔って家に帰ると、夏は寝ずに待ってくれていた。

「あ！　おかえり」

僕の姿を目に留めると、弾《はじ》かれたように夏は本棚の前から立ち上がった。

「？　何かやってた？」

「え、どうして？」

「や、何となくなんだけど……」

部屋の中にどことなく違和感があった。うまく言えないけれど、掃除のやりかけというか、どことなく落ち着かない空気が漂っているというか。

だけど夏は首を振る。

「ええと、透くんの気のせいじゃない？　ちょっと整理はしてたけど、それだけだよ。あ、お茶漬けでも食べる？」

「あ、うん」

まだ違和感は拭えなかったけれど、それ以上深く追及するほどのことでもなかったので、夏の言葉に従った。

テーブルにつくと、夏はすぐに鮭《さけ》のお茶漬けと付け合わせの自家製大根の漬け物を用意してくれた。漬け物はぬかから作ったもので、よく味が染みている僕の好物だ。

「仁科くん、どうだった？」

夏が対面に座って、そう尋ねた。

「あいつはいつも通りだったよ。またよく分からない難しいことを言ってた」

「そっかぁ。しばらく会ってないからなぁ」

夏が遠くを見るような目をする。

「懐かしいよね、高校時代。まだ三年前のことなのに、もうずっとずっと昔のことみたい」

「そういえばさ、告白したのって……」

「？」

「……ん、何でもない」

言いかけて、やめた。

仁科の言っていた並行世界の話をするのもそういう雰囲気じゃなかったし、それにどちらから告白したかなんて、どうでもいい話だ。僕らの想いはきちんと巡り、今こうして同じ時間を過ごしている。それだけでよかった。

「？　変なの」

夏はそう言って笑っていた。


――結局、そのときの違和感が何であったのかが分かったのは、彼女がいなくなってしまった後のことだ。

失意のどん底の中で、僕はそれを、それらを発見した。

そこで僕は、彼女の想いの深さを知ることになる。


そして……思えばこれが、夏と過ごすことができた最後の夏だった。

穏やかで心落ち着く時間を送って、ささいなことで笑い合って、時々ケンカをしたりもして、だけどすぐに仲直りをして、新しい朝を迎える。

僕にとっては、七月の終わりが夏の終わりだ。

八月も、その後の九月も、夏じゃない。

彼女と過ごした……この七月だけが、唯一、夏と呼ぶことができる期間だ。

今でも、目を閉じれば浮かんでくる。

夏とともに過ごした七月の毎日。

そして夏を亡くした七月の終わりの……暑い暑い一日が。

❄❄❄

4

夏との毎日は、穏やかに過ぎていった。

彼女と暮らすようになって三度目の夏が過ぎ、どこか物寂しい秋が終わり、息が白くなる冬の先に新芽が芽吹く春が待ち受けていて、そしてまた暑い夏がやって来る。それこそ雪が地面に少しずつ降り積もるかのようにゆっくりと、だけど確実に、僕らは互いへの想いを積み重ねていった。

気付けば僕は大学四年生になっていた。夏と付き合うようになってから五回目の夏。その間に、何度か夏の実家には訪れた。夏は店の手伝いを続けていたし、長期の休みには何日か泊まっていくこともあった。だけど僕の方の実家には、一度も帰らなかった。この三年の間に、一度もだ。家にいるはずの父親も何も言ってこなかった。それは分かりきっていたことだった。

とはいっても、傍から見ればそれは相当に奇異なことだったのだろう。

あるとき、とうとう夏に訊かれた。

「そういえば、透くんの実家って、どうなってるの？」

むしろそれに触れられるのは遅すぎるくらいだった。夏も夏なりに、僕の話題の中に実家に関してのものがまったく出てこないことから、気を遣ってくれていたのだろう。だけどそれもいいかげん限界だったというだけの話だ。

「もしよかったらなんだけど、一度くらいご挨拶に行きたい……かな。透くんの、家族なんだし」

「それは……」

言葉に詰まる。

夏を実家に連れていけばどういうことになるかは、おおむね想像はついていた。だけどそれを口で言っても理解してもらえるとは思えない。あれはそういうものではないのだ。しばらく考えた挙げ句、夏の希望に押し切られることを選択した。

僕の実家を夏と二人で訪れたのは、その三日後の日曜日《にちようび》のことだ。

蒸し暑い日だった。七月には珍しくジメジメと湿度が高く、汗で服がべったりと肌に張り付く。蒸し風呂に入っているような心地になりながら急勾配の坂道をのぼった頂にある道を進むと、家は三年前と変わらない姿でそこにあった。きっと、これから先も何も変わることなく廃墟のようにそこにあり続けるのだろう。

玄関の鍵を開け居間まで行くと、父親はそこにいた。

「ただいま、親父《おやじ》」

父親は、三年ぶりに顔を見せた息子《むすこ》に目を遣ると、まったくの他人を見るのと同じような視線を向けた。

「……ああ」

それだけ言って読んでいた新聞紙に視線を戻す。それきり何も口にしない。そこからはこちらに対する興味は微塵《みじん》も感じられなかった。

「あ、あの、私、透くんとお付き合いをさせてもらっている水原夏といいます。今日は突然お邪魔《じゃま》してしまって……」

夏がおずおずとそう自己紹介しようとするも、視線をそちらに向けようとさえしない。

「……ああ、そうなのか」

新聞から目を離さずにそう口にすると、父親はそのまま黙りこんだ。まるで置物のように、何の反応も示さない。夏の困惑する様子が見て取れた。

やがて父親は立ち上がり、のそのそと玄関の方へと向かっていった。

「どこに行くんだ？」

「……競馬場《けいばじょう》だ。大事なレースがあるんだ」

そのまま父親は出て行った。一度たりとも父親の方からこちらに関心を持って何かを話しかけてくることはなかった。

その後ろ姿を呆然とした表情で見つめる夏に、僕は言った。

「……ごめん。こうなることは分かってたんだけど」

「ええと、お母さんは……」

「母親はだいぶ前に離婚して出て行った。今はどこで何をしているのか、分からない」

「そう、なんだ……」

そのまま僕らは家を出て、近くにある公園へと足を向けた。家族に挨拶をしに来たはずなのに、その当の父親があれでは家に残っても仕方がない。その道すがら、夏はずっと無言だった。

「もうずっと昔から、あんな感じなんだ」

「え……？」

公園に着いて、夏の方を見ずに、僕は小さくそう口にした。

「父親は、僕が何年家に帰らなくても気にしない。連絡をしなくても、消息が分からなくても、何も心配しないと思う」

公園では子どもが父親らしき相手とキャッチボールをしていた。二人とも笑顔で、声を上げながらボールを投げ合っている。昔はそういった光景を見てうらやましいと思ったこともあったが、今ではそんな気持ちはとうに枯れ果てていた。

僕は大きく息を吐き出して、言った。

「僕の父親……というか、両親とも、他人に関心がないんだよ」

昔というよりも、物心がついたときから、違和感はあった。

どうしてお母さんはいつも家にいないんだろう。どうしてよその家のお母さんはご飯をつくってくれるのに、ぼくの家ではそうじゃないんだろう。手作りのお弁当じゃなくて、お金が置いてあるだけなんだろう。どうしていっしょに布団で寝てくれたり、公園で遊んだりしてくれないんだろう。

そんなお母さんに、お父《とう》さんは何も言わない。どうしてお父さんはいつでもだまってるんだろう。笑ってくれないんだろう。どうしてお父さんはぼくが話しかけても、何もこたえてくれないんだろう。

母親は、母であることよりも女性であることを選んだ人だった。ほとんど家には寄りつくこともなく、後で聞いた話では、父親の他に何人も恋人がいたらしい。

父親は、そんな母親に妄執している人だった。全てにおいて母親が世界の中心で、それ以外のものは何もかも二の次。子どもである僕も例外ではない。母親と違って家にはいたけれど、父親と何かをした記憶というものが、僕にはほとんどない。いつでも母親のことばかり気にしていた。だけどそれは母親を愛していたのかというと、そういうわけでもないようだった。ただ、そんな母親に尽くしている自分のことが好きなだけなのだった。

要するに、僕の家族は二人とも、自分以外の何にも興味を持てない人たちだったのだ。

そんな二人がどうして結婚をして子どもを作ったのかは分からない。ただ結果として僕は生まれ、感情のない無機質な家で育つこととなった。

小学校高学年くらいになると、その頃には世の中にはもうどうしようもなくそういう性質というものがあるのだと、僕はうっすらと理解していた。

他人に興味が持てない。自分のことにしか関心がない。自分の子どもなのに愛せない。

岩を水が穿《うが》つように長い時間をかけて、自分の両親がそういう性質の持ち主であるということを、僕は理解した。その分だけその亀裂は深く僕の中に刻みこまれ、気付けば切り離すことができなくなっていた。

それでも生活費だけは出してくれたのは幸いだったと思う。

だけどそれ以外の必要なもの——おそらく子どもにとって一番不可欠な——愛情の類は、まったくといっていいほど与えられなかった。

僕は母親からも父親からも捨てられたのだ。

この世界で、一人きりなのだ。

そんな思いが、常に頭から離れなかった。

全てを話し終えるのと、夏に抱《だ》き締《し》められるのとは、ほぼ同時だった。

「夏……？」

夏は無言だった。

何も言葉を発さずに、ただ全身で包みこむように力いっぱいぎゅうっと僕の身体を抱き締めた。

「ずっと……一人で耐えてきたんだね」

やがて絞り出すような声で夏がそう言った。

その頬には、涙が流れていた。

「ずっと……透くんの心は悲鳴を上げてたんだ。声にならない悲鳴を、ずっと。なのにそのことに私は気付けなかった。こんなに近くにいたのに、透くんが苦しんでいることが見えてなかった。ごめんね……」

「そんな、ことは」

両親が自分に関心を持っていないこと。それ自体はもう慣れてしまって、何も感じない。

人と深く関わることは苦手になってしまったけれど、それ以外では特に不便は感じていない。感じていない……はずだった。

だけど夏は首を振った。

「深く刻まれた傷は……傷痕《きずあと》になるんだよ。深すぎて、そこに傷があることを忘れてしまうほどの。だけど感じていないだけで、傷は確かにそこにある。なくなったわけでも、最初からなかったわけでもない。痛みを感じさせずに、少しずつその人の心と身体を苛《さいな》んでいくんだよ……」

「……」

「いつかはきっとうまくいく日が来るかもしれないなんて、いいかげんなことは言わない。ううん、言えない。本当は透くんの両親はそんな人たちじゃないとか、何か事情があって冷たい態度をとっていたとか、もしかしたらこれから変わってくれるかもしれないとか、そんなことは。でも——」

夏はそこで真っ直ぐに僕の目を見た。

強い、瞳だった。

「透くんが……世界で一人きりじゃないってことだけは、言える。自分が世界で一人きりだなんて、思わないで。私は……どんなことがあっても、透くんのそばにいるから」

どうしてだろう。

その言葉は、溶け入るように僕の心に染みこんでいった。

穿たれた岩に刻まれた跡を埋めるように、ひび割れた地面に真っ白な雪が降り積もるように。

そうか、僕はずっと……だれかにその言葉を言ってほしかったんだ。そんな当たり前の言葉を、だれかにかけてほしかったんだ。

それこそが、僕の『願い』だったのかもしれない。

一人きりじゃないことを肯定してもらい——だれかのことを心から信頼できるようになることが。

キャッチボールをしていた父子はいつの間にかいなくなっていて、公園には僕たち以外の人の姿は見えなくなっていた。静寂の中、風に揺られてブランコが揺れる。そのギイギイという音が、どうしてか耳に強く響いた。

「……あのときとは、逆だ」

「え？」

ぽつりと夏がつぶやいた。

「透くんが私を抱き締めてくれた日。おばあちゃんが……亡くなった、日」

夏の静かな言葉に、その日のことを思い出す。

あれは確か、四年前の雪がちらつく冬の日だった。

ハツさんの容態が急変したという報《しら》せを聞いて、僕たちは病院へと向かった。

寒い日だった。吐き出す息が白くて、そのまま凍ってしまうんじゃないかと思うくらい空気が冷たかった。

病室に着くと、ハツさんは眠っていた。

その寝息は穏やかで、とても死に瀕《ひん》しているようには見えない。だけど医者の話ではもう目を覚ます体力は残っておらず、このまま緩やかに命が尽きるのを待つだけなのだという。

病室には、重行さんも奈々子さんもいた。夏と三人でハツさんの手をぎゅっと握りしめて、何かを祈るように互いの顔を見合っている。

そのままどれくらい経っただろう。

やがて、そのときがきた。

ハツさんの呼吸が小さくか細くなっていき、ついにはほとんど感じられないまでになる。夏たちは声を上げて、ハツさんの名前を口々に呼びかける。その声が届いたのか最後に一度だけ目を開けると、夏の耳元で何かを小さくささやいて、それきりハツさんは目を覚まさなかった。

すぐに僕たちは病室の外に出され、代わりに医者や看護師《かんごし》が何人も入っていった。

重行さんと奈々子さんは医者と何かを話している。ふと見ると夏の姿がなかった。

「夏？」

どこに行ったんだろう。探してみると、中庭で一人たたずむ夏の姿があった。

「夏――」

「大丈夫だから」

「え？」

声をかけようとした僕に、そんな言葉が返ってきた。

「私は大丈夫、だよ。覚悟は……できてたから。ありがとね、透くん。心配してくれて」

「夏……」

「ほら、透くんがそんな顔しないで」

僕の肩を叩いて、無理やりに笑顔を作ろうとする。

だけどその固めたような笑顔が、僕には引き裂かれそうな心を必死に押し殺しているように見えた。

だから、放っておけなかった。

気が付いたら、僕は夏を抱き締めていた。

「透くん……？」

「……だめだ」

「え……？」

「辛《つら》いときは……泣かなきゃだめだよ。泣いて、全部吐き出すんだ。そうしないと、心がすり減っていく。すり減って……なくなったことにも気付けなくなってしまう。大丈夫、ここなら泣いても、雪の音が消してくれるから」

「透くん……」

「ね？」

腕の中の夏が、大きくすすり上げた。

僕の服を摑《つか》んでいた手に、ぎゅっと力がこめられた。

「……って、言ったの……」

「え？」

「……おばあちゃん……最期に、ありがとうって言ったの……夏がいてくれて、生まれてきてくれて幸せだったって……私、何にもしてない……大好きなおばあちゃんに何にもできなかったのに、それなのに……」

「……」

「……やだ……これでお別れなんて……やだよ……ほんとはもっともっといっしょに

いたかった……恩返しをしたかったのに……」

「……」

「……う……ううっ……」

そのまま、夏は小さく嗚咽を漏らした。

僕の胸の中で、声を押し殺して泣いていた。

そんな夏に、僕はただ黙って彼女の髪を撫でていた。

そうだ、あのときは本当にこれと逆の状況で……

「──あのときの言葉をそのまま返すよ。辛いときは泣いていい、ううん、泣かなきゃだめなんだよ。そうじゃないと、心がすり減ってなくなっちゃう。傷を傷だって認識できなくなっちゃうから……」

「夏……」

気付けば、涙がこぼれていた。

夏の腕の中で、子どものように身を委ねながら、泣いていた。

きっと……僕の中の傷痕は、そう簡単に消えはしないのだろう。一生かけて付き合っていかなければならない自分の一部のようなものなのだと思う。

だけど向き合っていくことはできる。

治すことはできなくても、傷痕の痛みを和らげることはできる。

夏の腕の温もりを感じながら、そう信じることができたのだった。

5

七月も半ばを過ぎ、大学は夏休みに入っていた。

僕は夏と二人で、近場に一泊二日の小旅行へと行くことにした。

僕も大学四年生になり、就職に向けて色々と準備をはじめなければならない時期になっている。そのため二人だけのゆっくりとした時間がなかなかとれなくなるということで、思い出作りとして旅行を選択したのだった。

向かった先は伊豆《いず》だ。

「特急列車なんてひさしぶり。ちょっとわくわくするかな」

鎌倉から横浜《よこはま》まで横須賀線《よこすかせん》で出て、そこから特急踊り子号に乗り換える。特急列車の旅を感じさせてくれる空気は新鮮で、解放感で胸が躍るのを感じた。宿を取った伊東《いとう》までは、およそ二時間の道のりだった。

色々なことをやろうと決めていた。

宿に荷物を置いて、僕らはまずは海へと向かった。近くのダイビングショップで体験スキューバダイビングを予約していたのだ。

僕も夏も、二人ともスキューバダイビングははじめてだった。基礎的《きそてき》な座学の講習を受けてから、実際に海の中へと潜る。

「海で泳いだことはあるけど、潜るのははじめてだから、少し緊張するな」

夏はそう言って少しだけ心配そうだった。僕も不安がないかと訊かれれば嘘になる。だけど実際に海の中にダイビングしてみて、そんな気持ちはすぐにどこかに吹き飛んでいった。

まずはそのカラフルさに驚かされた。この辺りの海にいる魚はイワシやアジなどのいわゆる普通の魚ばかりだと思っていたら、とんでもない。十メートル先も見えそうな透明な水の中には、南国と見紛うばかりの色とりどりの魚が泳いでいた。クマノミ、ネンブツダイ、カゴカキダイ、チョウチョウウオ、カエルアンコウ、ミノカサゴ、コケギンポ。中には黒潮《くろしお》に乗って南からやって来たものの、秋になり水温が低下してしまうとそのまま死んでしまう死滅回遊魚も多くいるのだという。

さらにそれだけじゃなかった。魚以外の生き物も豊富で、ウニやイソギンチャク、蟹や海老、ウミウシやヒトデ、ナマコなどの姿も多く見て取れた。どれも普段はなかなか見られないものだ。

その魚影の濃さに圧倒されていると、夏が僕の肩をちょんちょんとつついてきた。

(すごいね、たくさんきれいな魚がいる)

(うん)

(これだけきれいな魚がいるんだったら、人魚がいてもおかしくないよね)

水中ではレギュレーターをくわえているため実際にそう会話をしたわけではないのだけれど、夏は確かにそう言っていたように思えた。陸に上がった後に確認してみたところそれはほぼ合っていて、そのときには思わず笑みがこぼれてしまった。

夏の緊張もすっかりほぐれたみたいで、それから十五分ほど、のんびりと海中散歩を楽しんだ。

スキューバダイビングを終えた後は、近くの砂浜で宝探しをした。何だかこうやってゆっくりと二人で宝探しをするのはずいぶん久しぶりのような気もした。

「オトメダカラ、また見つからないかなあ」

「さすがに難しいんじゃないかな。めったに見つかるものじゃないっていうし」

「そうだけど分かんないよ？　透くんがいるから、ひょっとしたらまたまさかがあるかも」

「うーん」

オトメダカラがこの辺りの海で見つかる確率はほぼないらしい。そもそもが和歌山《わかやま》以南のもっと南の海で採れるものなのだ。それを考えると、あのとき由比ヶ浜でオトメダカラを見付けることができたのは、ほとんど奇跡と言ってもよかった。

「あれはもう、透くんの才能だね。トレジャーハンターの才能」

そう言って夏は笑っていた。残念ながら今回はオトメダカラは見つからなかったけれど、イルカの耳骨やウニの殻などの準レアものは発見することができた。

砂浜でビーチコーミングを十二分に楽しんだ僕らは、次に伊東マリンタウンに向かった。そこはかなり規模の大きな道の駅で、様々なお土産や名産品が所狭しと並べられていた。僕らはそこで奈々子さんたちや仁科へのお土産、自分たちの欲しいものを見て回った。

「奈々子さんたちにはぐり茶がいいかな？」

「うん。お父さんには生わさびとかもいいかも。あ、見て見て、伊豆限定の金目鯛《きんめだい》もっこりストラップだって！　かわいい」

「金目鯛もっこり……？」

「ねえ、これ買おう。それで、おそろいにしてスマホにつけるの」

「……。これを？」

「うんっ」

夏がすごく嬉しそうに言うものだから、僕は首を縦に振るしかなかった。

買った後に改めて見てみても、金目鯛もっこりはユニークな造形ではあったものの、かわいいという単語からは最もかけ離れた位置にあるものだと思わざるを得なかった。

これをおそろいにしてつけているところを見られたら、また仁科にからかわれそうだなと、内心で苦笑しながら思った。


宿に戻る頃には、日はとっぷりと暮れ、辺りはすっかり闇色に染められていた。

チェックインはすでに済ませていたので、フロントの従業員に戻ってきた旨を告げて、部屋の鍵を受け取る。その際に従業員は夏の方を見てこう言った。

「当館のサービスで、女性の方はこちらで館内用の好きな柄の浴衣をお選びできます。よろしければどうですか？」

「うわ、きれい！　どれを選んでもいいんですか？」

「はい、大丈夫です。どれになさいますか、奥様？」

その言葉に、夏が目を瞬かせてうろたえた。

「あ、ええと……その、奥様ではないです」

「え？　ああ、これは失礼いたしました。とてもお似合いでしたので、ついそうかと」

「……」

「……」

さらに微笑をされながらそんなことを言われて、二人で顔を見合わせて赤くなってしまった。

ふと思う。たとえばいつか、夏と結婚をして、家族としてまたここを訪れる日が来るのだろうか。もしかしたらそのときには子どももいるかもしれない。それも一人じゃなくて、二人かも三人かもしれない。そんな未来を考えるだけで、胸がどこか温かくなった。

夏が選んだのは菖蒲柄《あやめがら》の浴衣だった。以前に着ていた朝顔柄もよかったけれど、こういった落ち着いた柄も夏にはよく似合っていた。正直なところ、僕が見たら何でも似合うと感じるのだろうけれど。

通された部屋は広めの造りの和室で、食事も運んできてもらいそこで食べた。金胡麻豆腐、地魚の刺身盛り合わせ、鮑《あわび》のバター醬油《しょうゆ》ステーキ、金目鯛の煮付け。どれもとてもおいしくて、僕らはそろって舌鼓を打った。この煮付けの味つけを覚えたいな、と夏が真剣な顔で言っていた。

そして伊東と言えば温泉だ。館内には三つの露天《ろてん》風呂があり、その内の一つは貸し切りとなっていたため、申請したところ運良く予約を取ることができた。いっしょに風呂に入ることなんてほとんどないことから、「な、なんか……照れるね。あはは」と夏が照れたように笑っていた。

幸せだった。

こうして夏とのんびりと過ごしている時間は、何にも代えがたい宝物だと思った。それこそ、人生という広大な砂浜で見付けた、オトメダカラのように。

❆❆❆

窓の外からは、虫の声が聞こえていた。

僅かに開いたカーテンの隙間を通して、青色をした柔らかな月明かりが漏れてくる。

何だか寝付けなかった。

昼間の時間が楽しすぎたせいだろうか。身体は疲れているのに頭の芯が覚醒《かくせい》してしまっている。まるで修学旅行中の小学生みたいに、意識が冴《さ》えてしまっていた。

そう――楽しすぎた。楽しすぎて、心の中がそれでいっぱいになってしまった。だからこそ、この幸せな時間がいつまでも続いていくような、そんな錯覚に襲われてしまっていた。夏と家族になって、穏やかな人生を添い遂げる。このままでは、そんなことは叶うはずないのに。

寝返りを打つ。

慣れない布団の感触はどこかよそよそしくて、背中が落ち着かなかった。

「――ねえ、透くん、まだ起きてるかな」

呼びかけるような声を聞いて、僕は内に向けられていた意識を拾い上げた。

隣の布団を見ると、夏がこっちを見つめていた。

返事の代わりに、そっと隣の夏の髪を撫でる。

「あ、やっぱり起きてた。狸寝入《たぬきねい》りだ」

「そういうわけじゃないよ。なかなか寝付けなかったってだけで」

「えー、ほんとかなー」

喉を鳴らすようにして笑って、夏が言った。

「ね、透くん、そっちに行ってもいい？」

「え？　あ、うん」

僕がうなずくと、夏は嬉しそうな顔をして僕の布団へと移動してきた。そしてそのままきゅっと、僕の胸に小さく抱きつく。

「へへ、透くんの匂いだ」

「汗くさくない？」

「ぜんぜん。私、好きだよ、透くんの匂い」

そう言って、布団の中で丸くなる。まるでじゃれついてくる小さな猫みたいだった。

「何だかこうしていると安心できるんだ。んー、透くんに包まれてるみたいだ」

「夏、意外と甘えたがりだよね」

「透くんが相手だと、私の中の甘えんぼうゲージがマックスになるのです」

「何、それ？」

「う、真顔で訊かれると恥ずかしいんですけど……と、とにかく、透くんが……好きってことだよ」

少しの間、僕たちはとめどないお喋りをしながら笑い合っていた。

やがて、どちらともなく言葉が少なくなっていく。

静寂が辺りを包み、聞こえてくるのは窓の外から漏れる葉擦《はず》れの音だけになった。

夏が、じっと僕の目を見た。

その顔は、月明かりに照らされて青い。

そして、こう口にした。

「ね、透くん」

「ん？」

「子ども……ほしく、ない？」


それは何気ない口調だった。だけど何かとても大切なものを扱うような丁寧な響きを含んでいた。

「子ども……」

「うん。男の子でも、女の子でも、どっちでも」

考えたことがないわけじゃなかった。夏との未来を見据えている以上、それは当然可能性として上がってくるものだ。だけど同時に悩みもした。

果たして僕は、生まれてきた子どもに関心を持つことができるのかと。両親と同じように、子どもに関心のない親になってしまわないかと。もちろんそんなようにはなりたくはないし、なるつもりもない。だけど一抹の不安はあった。だからこそ……あのときは踏み切れなかった。

彼女を、拒絶してしまった。

もしもあそこで彼女の求めに応じていたら、何か違ったのだろうか。ためらうことなく即答することができたら、未来は変わっていたのだろうか。分からない。

結局、僕はあのとき彼女の想いに応《こた》えることができなかった。僕の態度から察したのだろう。夏は「あ、ご、ごめんね。何も今すぐってことじゃないの。透くんも来年から就職だし、それが軌道に乗ったらって……その、気にしないで。忘れてくれると嬉しいかな」と寂しそうに笑って、その場はそれ以上何も言ってこなかった。あれは……今でも夢に見る心残りの一つだ。

でも今回は違う。

夏といっしょなら、きっと何があっても乗り越えていける。

幸せで、心安らげる家族を作っていける。

今はそう思うようになっていた。……そう、夏さえいれば。

だから僕は、こう返した。

「僕も、夏と同じ気持ちだ」

「え……？」

「僕も、子どもほしいよ。夏と……家族を作りたい」

「透くん……」

カーテンの隙間から漏れる青い光が、僕らの周囲をやさしく包みこんでいた。風が外の木の葉を揺らす音がかすかに響く。

ぎゅっと、夏の身体を抱き締めた。温かくて柔らかい、真夏の日だまりのような感触。ふわりと石鹼と夏の香りがして、僕はもう堪らなくなった。

彼女を離したくなかった。

二度と、喪いたくなかった。

もう一度、力いっぱい抱き締める。

腕の中にいる夏が、彼女の存在が、ただただ愛おしいと思った。

部屋の中を、やさしい空気が漂っていた。

淡い青色に彩られた十畳ほどの空間。腕の中では、夏が穏やかな寝息を立てている。

その髪をそっと撫でて、僕は窓の外の月に目をやった。

こんな気持ちになる日が来るなんて、自分でも信じられなかった。

家族が欲しいと思えるなんてあり得ないと思っていたし、事実……あのときはそうだった。夏の深い想いにきちんと正面から応えることを、僕は思い切ることができなかった。

だけどそうではない選択を、今回はすることができた。

後悔することのない行動を取ることができた。

世の中にあり得ないことなんてない。それこそ、〝七月の雪〟みたいに。

夏の言葉は正しかったんだな。

心から、そう実感した。

❄❄❄

6

僕にとって夏は、どんな存在だったのだろうか。

どんなときでも明るく照らしてくれる太陽のような存在。守らなくてはならない大切な存在。いっしょにこれから先の未来を歩んでいきたい存在。

そして……他のだれでもない、かけがえのない、唯一の存在。

夏は、僕にとって全てだった。


伊豆への小旅行から戻って一週間が経ったある日、夏に誘われた。

「透くん、今日って空いてるかな？」

「今日？　大丈夫だと思うよ」

バイトも今日は入っていないし、他に特に用事もない。

「そっか、よかった。じゃあこれからちょっと、付き合ってくれないかな？」

「いいけど、どこに？」

「それは着いてからのお楽しみ。秘密だよ」

楽しげな夏に腕を引っぱられて、家を出る。

外は今日も日差しが強く、暑くなりそうだ。

出がけに何気なく玄関の脇を見ると、カレンダーが目に入った。

今日は七月の最終日だった。

❄❄❄

七月三十一日。

そう、この日のことを、僕は決して忘れたことはない。

この日は僕にとって、いいや僕らにとって、運命の日だ。

この日のために、僕はあの青い海に『願い』をかけた。

夏が命を失う……この日のために。

❄❄❄

❄❄❄❄

夏に連れられて、向かった先は片瀬江ノ島駅だった。

肌を焦がすような日差しが照り付ける暑い日だった。いつ見ても変わらない赤い派《は》手《で》な色の駅舎を出て、国道沿いを海の方へと歩いていく。方向からして、どうやら江の島本島に向かっているのではないみたいだった。途中で砂浜が目に入る。夏休みの真《ま》っ直中《ただなか》ということもあって、ビーチはたくさんの海水浴客で賑わっていた。どれだけの数がいるのだろう。まるで芋洗《いもあら》いだ。その中に、ふと見知った顔を見付けた。

「……？」

あの女の子だった。

真っ白なワンピースを着た、人魚のような女の子。

だけど表情がいつもと違う。何かに耐えるかのような険しい顔をして、こっちを真っ直ぐに見つめている。

何かあったのだろうか？　声をかけようかと思ったけれど、少しの間目を離した隙《すき》に彼女の姿は人波の中に消えていた。

「どうしたの？」

「え、いや」

気にはなったけれど、すぐにそのことは頭から消えた。

きっと、たまたま何か気が乗らないことがあったんだろう。もしかしたら見間違えだったかもしれない。それに今日は……何としてでもやり遂げなければならないことがある。そしてそのときはもう間近にまで迫ってきている。何台もの車の行き交う国道を目にしながら、僕は気を引き締め直していた。

それからしばらく歩いて、辿り着いたのは水族館だった。

国道沿いにある、この辺りでは有名な水族館だ。

「水族館？　魚を見るの？」

「いいからいいから。あ、ここからはちょっと目をつむってもらってもいいかな？」

「目を？」

「うん」

あのときと同じ会話を交わして、言われるがままに瞼《まぶた》を閉じる。すると夏が僕の左手をぎゅっと握った。「ついてきて」

暗闇の中を、夏に手を引かれて歩いていく。

館内はエアコンが効いていて、ひんやりとしていた。辺りからはどことなく水の匂いと気配がして、懐かしい気分になる。そういえば水族館なんてものにはずいぶん来ていなかった気がする。おそらく小学生の頃に遠足で来たのが最後だろう。ということは十年以上前ということになる。十年越しの水族館来訪が目をつむってのものというのも、何ともおかしな話だった。

それから五分くらい歩いただろうか。

夏が足を止めた。

「夏？」

呼びかけると、何かを準備している気配が伝わってきた。

そして、

「──うん、もういいよ。目を開けて」

夏の声を受けて目を開ける。

一瞬、闇から光にさらされた目が慣れず、視界一面が真っ白になる。

しばらくして、やがて視力が戻ってきて、

「あ……」

　僕は言葉を失った。

　その光景は、何度思い出しても鮮烈の一言に尽きる。

　そこには……大きな水槽の中で緩やかに降り積もる〝七月の雪〟があった。


「マリンスノー」

　夏がささやくように言った。

「深海に降る雪って言われてるの。プランクトンが集まってできたものが、白く発光しながらゆっくりと沈降して海底に降り注ぐその様子から、そう呼ばれるようになったらしいよ。深海に住む人魚が舞を踊ることによって降り積もるとされていることから、〝人魚の雪〟とも、海雪とも呼ばれているんだって」

「……」

「これが〝七月の雪〟……だよ。今のこの時期も、深海ではこんな風に〝七月の雪〟が降っているの。さすがに本物は見せられなかったけど、再現させることはできるっていうから、ずっと頼んでたんだ。けっこう条件に左右されるし、費用もかかるから、実現するまで時間がかかっちゃったけど……」

「これが〝七月の雪〟……」

　それはこれまで見たことのないような美しい光景で、静かに僕の胸を打つものだった。

　しばしその神秘的な在り様に圧倒される。

　不思議な感覚だった。

　人魚の涙とされる青い海も、この静謐《せいひつ》と神秘とに彩られた〝七月の雪〟――マリンスノーも、どちらもプランクトンによるものだ。目に見えないほどの微小な生き物が、寄り集まってこんな美しい光景の一部となる。

　それこそ、これは『願い』なのではないだろうか。

　目に見えない想いが集まって、祈りによって溶け合うことで『願い』という光を形作る。光は寄り集まり集束して、やがて希望へと昇華されていく。

　はからずも、やはり夏の言っていたことが正しかったということか。

　水槽の中で音もなく降り積もる真っ白な雪を目にしながら、そう確信する。

「……」

　だから僕は言うことにした。

あのときは言えなかった言葉を、今回こそは伝えたかった心の内に秘めた言葉を、目の前のだれよりも大切な人に向かって、告げようと思った。

「夏」

「ん、なに？」

夏が振り返る。

マリンスノーの光源を背景にして、見慣れた顔が淡い白色に光り輝いているように見える。

その丸みを帯びた二重の瞳を真っ直ぐに見つめて、僕は言った。

「――結婚しよう」

たぶん、ありったけの想いをこめて言えたと思う。

「……っ!?」

夏が、足下から鳥が立ったような顔になった。

目をパチパチとさせながら、顔を湯沸かし器のように勢いよく赤くして、小さく尋ねてくる。

「え、と、透くん……？　そ、それって、どういう意味……？」

「そのままの意味だよ。僕は夏とずっといっしょにいたい。家族になりたい。だから……僕と、結婚してくれないかな」

「あ、え、その……」

これは覚悟だ。

同時に、決意でもある。

これから起こるであろう、悲惨な未来を変えてみせると誓った、僕の『願い』だ。

夏はしばらくの間、放心したように赤い顔で立ち尽くしていた。

だけどやがてフルフルと頭を振って、正面から僕の目を見る。

そして小さく、だけど確かに、うなずいた。

「……よ、よろしく、お願いします……」

❄❄❄❄

7

幸せと不幸せというものは、バランスが取れるようになっているのだろうか。何か良いことが起これればそれを嘲笑《あざわら》うかのように悪いことが起き、何か悪いことが起これればその埋め合わせのように良いことが舞いこむ。禍福《かふく》はあざなえる縄《なわ》のごとしとはよく言ったものだと思う。だけどこのささやかな幸福の後にやってきた不幸は、僕にはあまりにも大きすぎた。

❄❄

水族館からの帰り道だった。
僕たちは国道沿いの道を並んで歩いていた。この国道は車通りが多いことで知られている。特に意識したわけではないけれど、夏を歩道側に寄せて僕たちは帰り道を歩いていた。

そのときの僕は、少しばかり気分が落ち込んでいた。

〝七月の雪〟は見ることができた。

真夏でありながら深海に降り注ぐ真っ白な雪。すごかった。言葉では言い表せないような胸を打つ光景を、夏は見せてくれた。

だけどそれに応えられる言葉を……僕は伝えることができなかった。

『結婚しよう』

その一言が、どうしても口に出せなかったのだ。

それのせいもあったと思う。

普段《ふだん》よりも、周囲に対して向ける注意が散漫になっていた。

最初は少しおかしいな、と思うくらいだった。

対向車線を走っていた車。まるでタイヤのどこかがパンクでもしているかのように挙動がフラフラとしている。酔っぱらいが運転してでもいるのだろうか。明らかに妙だと思ったときには遅かった。蛇行《だこう》をして大きく道を外れた車は、そのままこっちへと向かって突っ込んできた。避けようとしたけれど、とても間に合う距離じゃなかった。

そう——間に合う距離じゃなかったはずだった。

「透くん……！」

車が眼前に迫った瞬間、ドン！　と身体を押される感触がした。

視界が反転して、アスファルトの熱《あつ》い感触が頬を乱暴《らんぼう》に撫でる。

何が起こったのか、瞬時に理解できなかった。

ただアスファルトの焦げる臭いと、ガソリンの入り混じった嫌な臭いだけが辺りに漂っているのが感じられた。

ふらつく頭を押さえながら身体を起こして……そこではじめて、何が起こったのかが分かった。

「……夏」

夢であってほしかった。

これは悪夢で、目が覚めればいつものように隣で寝ていた夏が微笑んでくれると思いたかった。

だけどいくら頬を叩いても、目が覚めてくれない。

目の前の光景が、夢であることを肯定してくれない。

「……夏……」

もう一度名前を呼ぶ。
しかし返事はない。
煙を上げて大破した車の傍ら。
そこには……真っ赤に染まった道路の上で横たわる夏の姿があった。
頭が痛い。
目の奥がちりちりとする。
動けなかった。
ただ全身が震えるだけで、指の一本すら動いてくれなかった。
遠くから響く救急車のサイレンの音だけが、悪夢のように響き渡っていた。

❄❄

8

❄❄

それからのことはよく覚えていない。

すぐに救急車がやって来て、動かない夏とともにそれに乗った。病院に着くと、音のない無機質な廊下でしばらく待たされて、そこで夏が亡くなったことを聞かされた。何を言われているのかまるで分からなかった。夢でも見ているみたいだった。遅れてやって来た重行さんと奈々子さんに事情を訊かれても何も答えられない。代わりにただただ二人の前で頭を下げ続けていたことだけは覚えている。

そこからは、記憶が断片的だった。

花に飾られた部屋。

声をひそめて泣く人たち。

笑う夏の遺影《いえい》。

嘘みたいに青い空に吸い込まれていった真っ白な煙。

茫然自失《ぼうぜんじしつ》になりながらも何とかその場に居続けることができたのは、仁科が色々とフォローをしてくれたからだろう。

だけど頭の中では、何もかもがグチャグチャになって、何も考えることができなかった。まるで世界がひっくり返って、それまで地面だと思っていたものが不安定な泥の海になってしまったかのような感覚だった。

夏がいなくなってしまった。

夏がもうこの世界のどこにもいない。

夏が隣で笑ってくれることは、もうない。

そんなこと、信じられるはずがなかった。

それでも続いていくこんな日常は何かの間違いで、しばらくの間我慢をすればきっと夏は戻ってきてくれる。「ん、どうしたの透くん、そんな顔して。変なの」と夏のように笑ってくれる。そう信じこもうとしていた。

だけどそんな日はいつまで経ってもやって来やしなかった。

間違いは間違いのまま、粛々と時間だけが過ぎ去っていった。

ただただ、毎日が空《むな》しかった。

何も手につかなかった。

食べることも、眠ることも、呼吸をすることすら億劫《おっくう》だった。

部屋に引きこもったまま死んだように過ごす日々が続いた。スマホに着信やメールが山ほど来ていたが、確認する気すら起きなかった。いっそ自分も夏のところへ行ってしまえば楽になるのではないか。そう考えたことも一度や二度ではない。

夏のいなくなった部屋で、ただ彼女の遺《のこ》したものに囲まれながら、その思い出に埋没する。

あのマグカップで毎朝いっしょにコーヒーを飲んだ。玄関にかけてあるキーホルダーは伊豆旅行でお土産として買ってきたものだ。机の上のフォトスタンドには、まぶしいばかりの笑顔の夏が写っている。もう手には届かない過去に縋《すが》ることで、何とか正気を繋いでいた。

そんな時間を、どれくらい過ごしただろう。

気付けば暖かかった季節は終わり、窓から見える木々も色付きはじめる頃になっていた。

――それを見付けたのは、本当に偶然だった。

部屋のあちこちに残る夏の断片を求めていて、彼女の好きだった本を何気なく手に取ったときのことだったと思う。

「……？」

そこに、一枚の便せんが挟まっていることに気が付いた。

何だろうこれは。

思考がまとまらない頭で閉じられた便せんを開く。

そこにあったのは……彼女の想いだった。


『透くん、いつもいっしょにいてくれてありがとう』


確かに夏の字だった。

少し丸みを帯びた彼女の筆跡で、丁寧に書かれていた。

それも一枚や二枚じゃない。

探すと、便せんは次から次へと見つかった。

『透くんといっしょにいられる毎日がとっても楽しい。こんな毎日がずっとずっと続いていけばいいのに』

『鎌倉花火大会の日、素敵だったね。花火もだけど……その、ちょっとだけドキドキしてしまいました』

『透くんの煎《い》れてくれるコーヒーが好きです』

『透くんがいつもお父さんとお母さんと仲良くしてくれて、嬉しい』

『この前は洗い物を手伝ってくれてありがとう』

『いつだって周りのことを気遣っている透くんのことが、大好きです』

本のページの間、戸棚の隙間、クローゼットにある洋服のポケットの中、タンスの引き出しの奥。部屋の中の様々なところに、日頃の感謝の気持ちをしたためた便せんが挟み込まれていた。

——ああ、そうか、あのとき夏が何かをしていたのはこれだったのか。

いつかの、仁科と飲んだ日の夜に、夏に覚えた違和感。

それはこれらを……この何枚もの彼女の想いを、こっそりと隠していたからだ。

夏はこういうイタズラが好きだった。

きっと後でこれらを見付けた僕を見て、少し照れながらも得意げに種明かしするつもりだったに違いない。

たまらなかった。

遺された言葉の端々から、夏の想いが溢れて、どうにもならなくなった。

そして最後に見付けたその一枚に、僕は震えた。

『もし私に何かがあっても……透くんは、生きてね』


どうして彼女はこの一文を書いたのか。

自分がこうなってしまうことを予期していたのか、それともたまたまなのか。

どっちでもよかった。

胸の奥底から感情が湧《わ》き出てきて、とまらなかった。会いたい。夏に会いたいよ。

だけどどんなに声を上げても、僕の待ち望んだ彼女は現れてはくれない。

ただただ、部屋の中には静寂と暗闇だけがあった。

涙は出なかった。

泣いてしまったら、全てを認めてしまうように思えた。

彼女がもういないこと。僕をかばって死んでしまったこと。もう二度と彼女に会えないということ。

「う……うわぁあああああああ……！」

ただ僕にできることは、彼女の想いの欠片を握りしめて、声にならない叫びを発することだけだった。

❄❄

❄❄❄

あんな思いは、もう二度としたくない。
身を裂かれ、心を引き千切られるような思いは、もう二度と。
だからこそ。
今度こそ、僕は彼女を守らなければならない。
それが僕の『願い』。
この日このときのために、僕は夏との時間をもう一度やり直していたのだから。

❄❄❄

9

❄❄❄

蛇行してくる車が目に入った。

まるで酔っぱらいが運転しているかのように左右にフラフラと落ち着きなく動いて、周囲の車からクラクションを鳴らされながらこっちに迫ってきている。あのときと同じだ。念のため帰り道はあのときとは違う道を選んだのだけれど、その程度では運命というものは変わってくれないらしい。

だけど、それくらいのことは覚悟していた。

彼女が、僕のことをかばうことは分かっている。

あの車がこっちに向かって突っ込んでくることも分かっている。

だったら……その前に、安全な場所まで彼女を退避させればいいだけのことだ。

このときのことを、何度も何度も夢に見た。

悪夢のように突っ込んでくる車、僕をかばい押しのける夏、鼻を突くガソリンの臭い。そして……冗談みたいに赤い血だまりの中に倒れ伏す夏の姿。

あのときの悲劇を避けることを『願い』として……僕はこうして夏との出会いをもう一度やり直したんだ。

それを叶えるときが、ようやく来たのだと感じていた。

夏。

かけがえのない、僕の愛する人。

二度と喪いたくない、大切な存在。

様々な思い出がよみがえってくる。

二人で宝探しをしたこと。

由比ヶ浜で告白して付き合うようになったこと。

いっしょに暮らすようになって、はじめてケンカをしたときのこと。

花火大会で並んで空を見上げたこと。

旅行先で想いを通じ合わせたこと。

そして二人で……〝七月の雪〟を見たこと。

そのどれもが、かけがえのない宝物だ。

その宝物を守るためなら、これから先も夏との将来を紡いでいくためなら、僕は何度繰り返したって絶対に彼女を守ってみせる。

だから。

どうか僕たちに——二人が笑っていられる未来を掴ませてくれ……！

それらのありったけの想い全てをこめて、僕は、夏の右腕を強く掴んだ。

「夏！」

「えっ……？」

夏の腕を引っぱって、道路から離れた開けたスペースまで強引に引き寄せる。僕の腕の中に夏の小さな身体がおさまる。勢いあまって、僕ら二人は地面に転がった。

直後に、僕たちがそれまでいた場所に、車が猛スピードで突っ込んできた。本来だったら僕たちを巻き込むことによって止まったはずの車は、勢い余ってそのまま歩道の街路樹《がいろじゅ》にぶつかると、反動で道路に横転した。窓ガラスは割れ、黒い車体は大きくひしゃげている。運転席を覗きこむと運転手は意識を失っているようだったが、少なくとも生きてはいるようだ。

「あ……」

隣で夏が小さく声をこぼす。

夏は怪我一つしていない。地面に転がった拍子に服は汚れてしまったものの、無事だ。事故自体は起こってしまったけれど、最悪の未来は回避することができた。夏を救うことができた。

僕の『願い』は……叶ったのだ。

「……やっ……た……」

思わず言葉が口から出る。

全身から一気に力が抜けた。魂が抜けたように、その場に腰を落としてしまう。我ながら情けない。だけどやるべきことを達成できた安堵感で、胸の中は満たされていた。やり遂げることができた。夏との未来を守ることができたんだ……！

「夏……！」

この手で守りきったものを確認するため、かけがえのない人の名を呼ぶ。

「……」

「……？」

どうしてだろう。

夏は青い顔をしていた。ほとんど蒼白《そうはく》と言えるほどの様相だった。

最初は突然の眼前での事故に驚いているのだと思った。車が自分たちのところへ突っ込んできたことに対して呆然としているのだと。

だけど、それは違った。

ふらつきながら僕から離れると、必死な表情で夏は言った。

「……どうして……」

「？」

「どうして私をかばったの……！」

「え……？」

それは、考えてもいなかった台詞だった。

「これじゃあだめ……だめなんだよ……！　せっかく……せっかく、『願い』をかけてやり直したのに！　私のことをかばって透くんが死ぬはずだった運命を、変えられたと思ったのに……！　透くんさえ生きていればよかった！　たとえ私がどうなったって、大切な透くんの未来さえ残せたならよかったのに……」

夏が何を言っているのか、よく分からない。

やり直す……？　運命を変える……？

ただ、僕が何か失敗をしてしまったということは分かった。

視界の端に大きな黒い影が見えた。

トラックだった。道路に横転した車を避けようとしたトラックが制御を失って、真っ直ぐに僕に向かって突進してくる。まるで何かに引き寄せられるかのように。

直感的に理解した。

——ああ、そうか、『願い』というものには代償が伴うものなんだ。

何も対価を支払わずに、ただ願いだけを叶えてくれるなんてうまい話が世の中にあるわけがない。

人魚の話を思い出す。あの話で漁師は傷を負わずに済んだけれど、代わりに材木の下敷きになった船は漁師の弟の持ち物で、弟はそれから漁ができなくなり辛い余生を送ったのだという。

つまりは、そういうことなのだ。

夏の命を救うという『願い』。だったら、それに釣り合うだけの代償は——

「……」

ああ、だけどこれでよしとしよう。

夏のことは、助けることができた。

この先をいっしょに歩いていくことはできなくなったかもしれないけれど、彼女の未来だけは守ることができた。『願い』を叶えることができた。それで、十分だ。

「透くん……！」

夏が叫び声を上げながら僕をかばおうと駆け寄ってくるが、幸運なことに間に合わない。

満ち足りた気分で目を閉じて、迫り来る死の運命を受け入れようとする。

そのとき、視界の隅に真っ白な何かが見えたような気がした。

❄❄❄

間章②『織りなす夏』

❄❄❄❄

そのときが来たのだと、感じていた。

教えられていたのと同じ時間と場所で起こった交通事故。

視線の先には横転した車と、その傍らで真剣な表情で何かを話し合うあの人たち二人の姿がある。……そして、そこに迫るトラックの影も。

右足を引きずって走り出す。

この日、このときにあの人を助けるために、私は『願い』をかけたのだ。

水原の家は、人魚の家系なのだという。

嘘か本当かは分からないけれど、民話にある人魚が漁師と結ばれてそのまま続いてきた家なのだと。お母さんが昔、お母さんのお祖母ちゃんにそう聞かされたのだと言っていた。だったら私の『願い』は……きっと青い海の向こうにいる人魚に届くはずだ。

いくつもの夏を巡った。

いくつもの夏を織りなした。

それまで知ることのなかった、あの人たちの昔の姿を見ることができた。

夏が好きだった。

自分の名前に使われているということもあって、一年で一番待ち望んでいた季節だった。青い空、降り注ぐまばゆい太陽の光、夜の柔らかな空気。だけどいつも、何かが足りないと感じていた。

だからこそ、私は走る。

未来を守るために。

家族みんなで笑っていられる――新しい夏のために。

私は、叫んだ。


「――……うさん……！」

❄❄❄❄

❄❄❄

迫りくる死を覚悟して目を閉じた、そのときだった。

暗闇の中で、何かが聞こえたような気がした。

それは温かくて、懐かしくて、どこからか僕を呼ぶ声。


「――……うさん……！」


叫び声とともに、身体がふいに何かに突き飛ばされた。

意識が闇の中からすくい上げられる。

それはとても軽いものだったけれど、僕の身体をトラックの進路からずらすのには十分な衝撃《しょうげき》だった。

何が起こったのか、瞬時に理解できない。

スローモーションのようになる視界の中に映ったのは、あの真っ白な女の子だった。

女の子の顔が見えた。
女の子は、笑っていた。
満足げな、笑顔だった。
その表情は夏に。
そして。
幼い頃に助けてもらった——人魚のものと似ていた。

❄❄❄❄

エピローグ

❄❄❄❄

ふと目を覚ますと、だいぶ時間が経ってしまっていた。

辺りは真っ暗になり、さっきまでは御伽噺のように青く光り輝いていた海も、今はすっかり落ち着きを取り戻している。

大切な用事のために、僕は高校三年から大学卒業までの五年間を過ごしたこの鎌倉の街に戻ってきていた。少し時間があったので思い出の残る由比ヶ浜を訪れていたら、気付かぬ内に砂浜で居眠りをしてしまっていたようだった。

何だか、ひどく長い夢を見ていたような気がした。

夢の中で、僕はかつての夏を繰り返していた。夏と出会って、恋をして、そして想いを通じ合わせていた。寝ていた時間は僅かなのに、夢の中では何年もの月日を過ごしていたような気がする。邯鄲《かんたん》の夢。人は夢の中で、一生分以上の体験をすることもできるのだという。僕が見ていたものも、それの類だったのだろうか。

と、ポケットでスマホが震えた。

金目鯛の被《かぶ》り物をしたキャラクターのストラップがついたスマホを慌てて取り出す。

病院からだった。

「もしもし……え、本当ですか！　はい、すぐに行きます……！」

その報せは、僕がこの街に戻った理由ともいえるものだった。

慌てて国道でタクシーを拾い、僕は病院へと向かった。


高台にある病院では、重行さんと奈々子さんが待っていてくれた。

僕の姿を目に留めると、大きく手を振って名前を呼ぶ。

「すみません、遅くなってしまって……！」

「大丈夫よ、まだまだこれからだから」

肩で息をする僕を、奈々子さんが落ち着かせてくれる。重行さんも、僕を見て黙ってうなずいた。

看護師さんに案内をされて、病院内を足早に急ぐ。

その先にあったのは——分娩室《ぶんべんしつ》。

中では夏が、額に大粒の汗を浮かべてベッドの上に横になっていた。

「夏……」

「大丈夫だよ……心配しないで」

「でも……」

「待ってて……きっと、元気な赤ちゃんを産んでみせるから」

そう言ってにっこりと笑う。そんな夏の手をぎゅっと握りしめて、僕は病室の外へと出た。

そう。

これから……夏と僕の、子どもが生まれるのだ。


あのとき——トラックに轢《ひ》かれかけた僕は、すんでのところで救われた。

助けてくれたのは、真っ白な女の子だった。

どうしてあの子があの場にいたのか、どうしてあのタイミングで飛び出してくることができたのかは分からない。だけど僕を助けてくれたのは、確かにあの人魚のような女の子だった。

「どうして、きみが……」

僕を突き飛ばしたときにトラックに掠《かす》めたらしく、彼女は足から血を流していた。

「いいんです。私はこうするために、『願い』をかけたんだから」

「え……？」

「この足は、こうなることが決まっていたんです。私が生まれる前から。それが、『願い』が叶うことの約束だったんです」

何を言っているのか分からない。

思えば、この子との会話は、はじめからそうだった。だけど、どこか通じるものがある。そんな不思議な感覚がするのだ。

「ねえ、きみは……」

「……」

「……あれ？」

気が付いたら女の子の姿が見えなくなっていた。確かについ今の今までそこにいたはずなのに。怪我のこともあったのでそのままにしておくわけにもいかず、辺りを探し回ったのにもかかわらず、結局見付けることはできなかった。まるで人魚が海に帰ってしまったかのように。

あの子が僕を助けてくれたときに叫んだ言葉が、気にかかっていた。迫ってくるトラックの音でよく聞こえなかったけれど、あのときあの子が叫んでいたのは、確か……

「そんなはず、ないか……」

それはあり得ないものだった。

だけど世の中にあり得ないなんていうことはあり得ないということも、僕はよく知っていた。そう、〝七月の雪〟のように。

ともあれ……僕たちは助かった。

夏も僕も、服が少し汚れたくらいで、あとはすり傷一つ負っていなかった。

それからしばらくして、僕たちは籍を入れた。

夏に……子どもができていることが分かったからだ。

すぐに重行さんと奈々子さんに報告をしに行った。殴られるくらいは覚悟をしていた。だけど二人とも、穏やかな顔でその事実を受け入れてくれた。

「男の子かしら女の子かしら。私もお祖母ちゃんだなんて、不思議なものね」

「……夏を、幸せにしてやってくれ」

逆に頭を下げられて、そう言われた。

あまりにもあっさりとしすぎていたので、逆に不安になった。僕なんかに娘とその子どもを預けることが心配じゃないのかと、そう問い返したところ、こう言われた。

「心配なんてこれっぽっちもしていないわ。透くんのことはよく分かっているし、ふふ、勝手だけど、あなたのことは息子みたいに思っているから。ねえ、あなた」

「……ああ、そうだな」

不覚にも、泣いてしまった。

二人の温かさが、こんな僕を〝息子〟として受け入れてくれたことが、何よりも心に染みた。はじめてだれかの〝家族〟として扱われたことが、本当に嬉しかった。

声を詰まらせて何も返せない僕に、二人はやさしく肩に手を置いてくれた。その手から伝わる温もりが、染み入るようだった。

結婚式は、僕が大学を卒業するのを待って行われた。

身内と親しい友人だけの、簡素なものだ。

重行さんと奈々子さんと水原家の近しい親戚。それに高校時代のクラスメイトたちから何人か。当然仁科も参加していて、「いやぁ、めでたいめでたい。そうだ、よければ俺が子どもの名付け親になってやろうか？　最近の流行《はや》りで、人魚姫《アリエル》とかはどうだ？」と真顔で言っていた。もちろん丁重にお断りしておいた。

結婚式には……僕の父親も呼んだ。

変わらず僕には関心がなさそうで来てくれたこと自体が意外だったけれど、夏のお腹の中に子どもがいると分かったときには、僅かながらに眉が動くのが見えたことだけは覚えている。

これから僕たちの関係がどうなっていくのかは分からない。

もしかしたら変わることもあるのかもしれないし、何も変わらないのかもしれない。

だけどその結果がどうであろうと、それを一生受け止めていく覚悟はできていた。

そう僕に思わせてくれたのは、他ならない妻の、夏のおかげだ。


いつだったか、夏とあの事故について話したことがある。

「私……あのとき、長い夢を見ていたような気がするの」

「夢？」

「うん。車の事故があって、透くんが私のことをかばって……亡くなってしまうの。それに耐えられなかった私は、『人魚の浜』で『願い』をかけて、時を遡《さかのぼ》る。透くんを助けるために。だけど透くんはやっぱり私をかばってしまって……っていう夢」

「……」

夏からその話を聞いて、思い浮かんだことがある。

たとえば、いくつかの並行世界が存在していたとしよう。

はじまりは僕が夏をかばって死ぬところから。そこから分岐をする。

僕の死に耐えられなかった夏が、自身の『願い』により過去に戻り、僕を死なせないために夏が僕をかばって死ぬ世界。

その結末に耐えられずに、さらなる僕の『願い』によって、僕が夏をかばって死ぬ世界。

そしてまたそれを受け入れることができずに、夏が僕をかばって死ぬ世界。

それらの並行世界は、閉じた輪の中で巡り続けるのだろうか。想いと『願い』とを内包したまま、決して未来に進めない運命の中で、永劫《えいごう》に世界を作り続けるのだろうか。

仁科じゃないんだし、真実は僕には分からない。

だけどそうだったとしたら、あの女の子はだれだったんだろう。

閉じかけようとした輪を開いてくれた女の子。

僕たち二人を救ってくれて、そのまま姿を消してしまった、どこか懐かしい面影のあの人魚のような女の子は。

「あのときの女の子……私も、どこか懐かしい感じがしたの」

夏が目を細めるようにして言った。

「どこかで会ったことがあるような、どこかでこれから会うような、そんな不思議な感覚。何でだろうね、はじめて会うはずなのに……」

「分からない。でも僕も、同じように思ったよ」

「そうだよね、何ていうか……」

そこで夏は一度言葉を切った。

そして僕の顔を見ると、少しいたずらっぽく笑って、こう口にした。

「何だかちょっと、透くんに似ていた気がしたから」

「僕に？」

「うん。見た目もそうなんだけど、話すときにちょっとうつむくところとかちょっとぶっきらぼうな感じのところとか。……あと、すごくやさしい目をしていたところとか」

「え……」

「だから、何だか懐かしい雰囲気がしたのかな。私の大好きな人に、似ていたから」

にっこりと笑う。

その言葉に、僕はもうただ黙って白旗をあげるしかなかった。

分娩室から大きな泣き声が聞こえてきて、僕は我に返った。

助産師さんに呼ばれて、中に入る。

「三五二七グラム。元気な女の子です」

恰幅《かっぷく》のいい助産師さんに抱きかかえられて、赤ん坊は元気に泣き声を上げていた。

ああ、とため息が出た。

その姿が輝いて見えた。

目の前にある小さな生命の光が、まるで奇跡のように見えた。

いいや、違う。

この子は『願い』だ。

僕の、夏の、様々な人たちの『願い』の結晶として、この世界にやって来てくれた大切な存在。

その腕に、我が子を抱く。

小さな小さなその身体は軽すぎて、油断をするとそのまま羽根が生えて飛んでいってしまいそうだった。

「夏……ありがとう」

「ううん。それより、名前を呼んであげて」

名前はもう、あらかじめ夏と相談して決めてあった。

〝夏織《かおり》〟。

夏を織りなすと書いて、夏織だ。

様々なことがあった夏。

そんな思い入れのある季節だからこそ、その響きを分け与えたかった。もちろん、夏の名前から一文字取ったという意味もある。

「夏織」

生まれたばかりの小さな命に呼びかける。

それに応えるように、娘は、夏織は、きゅっと僕の指を握ってきた。

温かくて柔らかくて、じんわりと染み入るように伝わってくるその感触。

まるで、夏がこの手の中にあるみたいだ。

この小さな夏を、何があっても守っていこうと、心に決めた。


ただ……一つだけ後になって分かったことがある。

生まれてきた子は、右足が少しだけ不自由だった。先天的なもので、理由は分からないと医者には言われた。ただ不治のものではなくて、成長するにつれて少しずつよくなっていくだろうとのことだった。それだけが救いだった。


僕の腕の中で、夏織はすやすやと寝息を立てていた。

さっきまで火が点いたように泣いていたのに、不思議なものだ。それを夏が、やさしげな目で見つめている。

いつかこの子も大きくなって悩むときが来るかもしれない。

何か大きな困難にぶつかって、世界には自分ではどうしようもないことが、あり得ないことが存在するのだと、打ちひしがれる日が来るかもしれない。

そのときには、この子にも見せよう。

夏が見せてくれて、僕が胸を打たれた、あの光景を。

〝七月の雪〟を。

「――いつかきみに、〝七月の雪〟を見せてあげる」

握ってくる小さな手を包みこんで、僕はそう誓ったのだった。

❄❄❄

思えば『人魚の浜』の伝説について、お母さんから聞いたのはいつだっただろう。

お母さんはこの話が好きで、小さな頃から何度も何度も話して聞かせてくれていたので、最初がいつだったかは思い出せない。

『願い』の叶う青い海と人魚の話。

だけどそれを聞いたとき、私の心は決まった。

私の『願い』は、決まっていた。

お父さんを助けたかった。

お父さんのことを知りたかった。知って、助けたかった。

私はお父さんを知らない。

写真や動画では見たことがあったけれど、実際には会ったことがない。私が生まれる前に、事故で亡くなってしまっていたから。

だから知りたかった。

どうやってお母さんと出会って、恋に落ちて、それが愛に変わって、そしてどうして私が生まれたのかを。

二人がどんな気持ちで……〝七月の雪〟を見たのかを。

私の『願い』は、お母さんが『願い』をかけて、でもそれはお父さんの『願い』によって上書きされて、想いと『願い』が堂々巡りになった、この運命に決着を付けること。輪が閉じないように新しい可能性を作り出すこと。仁科のおじさんに話をしたら、それは並行世界の収束を意味していて……みたいなことを言っていたけれど、正直それについては分からなかった。

『人魚の浜』の伝説は本当だった。

青い夜。

海がまるで御伽噺の世界のように青に包まれたあの夜、私の『願い』は聞き届けられた。

――どうかお父さんに会わせてください。お父さんのことを知って、お父さんのことを助けさせてください。

気付いたら、私は私が生まれるよりもずっとずっと昔にいた。最初は、子どもの頃のお父さんと出会った。溺《おぼ》れそうになっていたところを、助けてしまった。足は不自由だったけれど、泳ぐのだけは得意だったから。さらに夏は巡った。そこでは、高校生のお父さんやお母さんが普通に生活をしていた。二人が出会って、恋をして、想いを通じ合わせるところを、遠くから見つめていた。あまり接触するのはよくないと思って、お父さんたちと直接話したりするのは控えめにした。タイムパラドックス？　とかそういう話を仁科のおじさんから聞いていたから。といっても、時々我慢できなくてお父さんと話してしまったことはあったけれど。

本来は……お父さんが死ぬ運命だったのだという。事故が起きたとき、とっさにお母さんを突き飛ばしたお父さんは、車を避けることができなかった。お母さんを助けてお父さんは亡くなった。だけどお母さんは、その結果に耐えられなかった。

だから『願い』をかけた。

お父さんを助けるために、お父さんと過ごした夏を再び巡った。だけど『願い』には代償が必要だった。お父さんを助けた代わりに、今度はお母さんが命を落とした。

その現実に、お父さんもまた耐えられなかった。お母さんがいない未来を拒んで、『願い』をかけた。そしてその結果、お母さんは助かったけれど、再びお父さんが命を落とした。

二人にとって、互いは他のだれよりも大切な存在だったんだと思う。そう、それこそ自分自身よりも。

だからこのまま二人の『願い』の輪が閉じて、悲劇を繰り返すのかと思われた。

いつまでも夏が巡るのかと思われた。

だけどそうはならなかった。

私が——生まれた。

『願い』の結果として、本来だったらこの世に生を受けることはなかったはずの私が、命を授けられた。

だとしたら私が『願い』をかけるのは、必然だったのだと思う。

事故が起きた場所と時間はお母さんから聞いていたから、その場に居合わせることはできると思う。そして、お父さんを助けることも。

だけどそのときに、きっと私は右足に大きな怪我を負うのだろう。

生まれたときから不自由な右足。そのことは因果を先取りした、『願い』が叶うことの代償なのだ。

この程度で済むのならば、いくらでも引き受けてやる。

お父さんの命の代償が、私の右足などであがなえるのならば。

これは約束の傷だ。

私がお父さんを救うことができる、確かな証《あかし》なのだ。
そう信じて、私はこれからあの場所へと向かう。
お父さんと、お母さんが、かつて互いを助け合ったあの場所へ。

いつか〝七月の雪〟を——家族でそろって見るために。

end

あとがき

はじめまして、またはこんにちは。五十嵐雄策《いがらしゆうさく》です。

『いつかきみに七月の雪を見せてあげる』を手に取ってくださりありがとうございます。


今回は願いの物語です。一組の男女が互いにそれぞれの願いをかけて夏を過ごしていくお話で、七月の鎌倉が舞台となっております。メディアワークス文庫では何だか夏の物語ばかり書いているような気もするのですが、個人的に夏が好きです。暑いのはそこまで得意ではないのですが、夏が持つその独特の雰囲気……空気の輪郭がどこかはっきりしているような、そんな空気がどこか大好きです。海水浴、夏祭り、海釣りなどなど、イベントが多いのも、気に入っています。

そんな夏という季節の中での、少しだけ不思議な願いの物語。タイトルにもあるように、〝七月の雪〟という言葉がキーワードともなっています。少しでもお楽しみいただけたなら幸いです。

以下は謝辞を。

担当編集の和田《わだ》様、三木《みき》様、平井《ひらい》様。いつもありがとうございます。

イラストを担当してくださったｓｉｍｅ様。前作『七日間の幽霊、八日目の彼女』に引き続き、素敵なイラストをありがとうございます。透明感のあるイラストが大好きで、いつまでも見ていたくなってしまいます。

そして何よりも、この本を手に取ってくださった読者の皆様に最大限の感謝を。

それではまたお会いできることを願って――

二〇一七年九月　五十嵐雄策

五十嵐雄策

著作リスト

ぼくたちのなつやすみ　過去と未来と、約束の秘密基地（メディアワークス文庫）
七日間の幽霊、八日目の彼女（同）
ひとり旅の神様（同）
ひとり旅の神様２（同）
いつかきみに七月の雪を見せてあげる（同）
乃木坂春香の秘密（電撃文庫）
乃木坂春香の秘密②（電撃文庫）

乃木坂春香の秘密③（同）
乃木坂春香の秘密④（同）
乃木坂春香の秘密⑤（同）
乃木坂春香の秘密⑥（同）
乃木坂春香の秘密⑦（同）
乃木坂春香の秘密⑧（同）
乃木坂春香の秘密⑨（同）
乃木坂春香の秘密⑩（同）
乃木坂春香の秘密⑪（同）
乃木坂春香の秘密⑫（同）
乃木坂春香の秘密⑬（同）
乃木坂春香の秘密⑭（同）
乃木坂春香の秘密⑮（同）
乃木坂春香の秘密⑯（同）
はにかみトライアングル（同）
はにかみトライアングル②（同）
はにかみトライアングル③（同）
はにかみトライアングル④（同）

はにかみトライアングル⑤（同）
はにかみトライアングル⑥（同）
はにかみトライアングル⑦（同）
小春原日和の育成日記（同）
小春原日和の育成日記②（同）
小春原日和の育成日記③（同）
小春原日和の育成日記④（同）
小春原日和の育成日記⑤（同）
花屋敷澄花の聖地巡礼（同）
花屋敷澄花の聖地巡礼②（同）
城ケ先奈央と電撃文庫作家になるための10のメソッド（同）
続・城ケ先奈央と電撃文庫作家になるための10のメソッド（同）
城姫クエスト　僕が城主になったわけ（同）
城姫クエスト②　僕と銀杏の心の旅（同）
SE－Xふぁいる　ようこそ、斎条東高校「超常現象☆探求部」へ！（同）
SE－Xふぁいる　シーズン2　ようこそ、斎条東高校「超常現象☆探求部」の秘密（同）
幸せ二世帯同居計画　～妖精さんのお話～（同）
終わる世界の片隅で、また君に恋をする（同）

本書は書き下ろしです。

この物語はフィクションです。実在の人物・団体等とは一切関係ありません。

メディアワークス文庫

いつかきみに七月《しちがつ》の雪《ゆき》を見《み》せてあげる

五十嵐雄策《いがらしゆうさく》

2017年10月25日　初版発行

発行者　塚田正晃
発行　株式会社KADOKAWA
〒102-8177　東京都千代田区富士見2-13-3
プロデュース　アスキー・メディアワークス
〒102-8584　東京都千代田区富士見1-8-19
電話03-5216-8399（編集）
電話03-3238-1854（営業）
装丁者　渡辺宏一（有限会社ニイナナニイゴオ）
印刷　株式会社暁印刷
製本　株式会社ビルディング・ブックセンター
※本書の無断複製（コピー、スキャン、デジタル化等）並びに無断複製物の譲渡及び配信は、
著作権法上での例外を除き禁じられています。また、本書を代行業者などの第三者に依頼して複製する行為は、
たとえ個人や家庭内での利用であっても一切認められておりません。
※製造不良品は、お取り替えいたします。購入された書店名を明記して、
アスキー・メディアワークス　お問い合わせ窓口あてにお送りください。
送料小社負担にて、お取り替えいたします。
但し、古書店で本書を購入されている場合は、お取り替えできません。
※定価はカバーに表示してあります。

© YUSAKU IGARASHI 2017
Printed in Japan
ISBN978-4-04-893467-1 C0193

メディアワークス文庫　http://mwbunko.com/
株式会社KADOKAWA　http://www.kadokawa.co.jp/

本書に対するご意見、ご感想をお寄せください。

あて先
〒102-8584　東京都千代田区富士見1-8-19　アスキー・メディアワークス
メディアワークス文庫編集部
「五十嵐雄策先生」係

メディアワークス文庫

輝いていた少年の日々。
あのなつやすみを
もう一度。
ぼくたちのなつやすみ
過去と未来と、約束の秘密基地
Bokutachi no Natsuyasumi
五十嵐雄策

久しぶりに帰ってきた故郷。思い出すのは、とある事件をきっかけに離ればなれになってしまった子供時代の仲間たち。タケオ、モミジ、ウミ、カイ、そして猫のニャン太。ふと気づくと、僕はなぜか小学三年生のあの時代にやってきていて——。

そして再び大事な仲間たちに出会った僕は、あの事件、神社の近くにあった〝秘密基地〟が焼失してしまった悲しい想い出を阻止するべく動き出す。でも、僕の記憶していたなつやすみの出来事とは少しずつズレたことが起こり始め、ついに事件が起こった日を迎えることになったんだ——。

これは、僕が仲間たちと、失われた絆を取り戻す物語。

発行●株式会社KADOKAWA　アスキー・メディアワークス

メディアワークス文庫

五十嵐雄策
Yusaku Igarashi
七日間の幽霊、
八日目の彼女
あの夏、僕の前にやってきたのは、いないはずの

“彼女”だった——。

——ぼくは、彼女が誰なのかわからない。

ちょっとした不注意で事故に遭い、入院することになったぼく。退院の日、目の前に現れた女の子は、ぼくの“彼女”だと自己紹介してくれた。でも、ぼくの記憶では自分には彼女はいなかったはずなのに。

——彼は、わたしが誰なのかわからない。

今回の夏も、わたしは彼の前にやってきた。二人で過ごした日々、一緒に見上げた星空を取り戻すために。同じ七日間を過ごす彼を連れて、八日目の世界を教えるために。

これは、夏を繰り返す、彼女とぼくの不思議な恋の物語。

発行●株式会社KADOKAWA　アスキー・メディアワークス

メディアワークス文庫

八月の終わりは、
きっと
世界の終わりに
似ている。
天沢夏月
イラスト／とろっち
たった、40日の恋だった。
――――恋人の死で終わった、
高校二年の夏休み。
「生きていた頃の彼女」と連絡を取れることを知った青年が
過去に向けて送った言葉とは――
青春小説の旗手・天沢夏月が送る、純愛ストーリー

発行●株式会社KADOKAWA　アスキー・メディアワークス

メディアワークス文庫

友達の死から始まった苦い夏休み。
私たちは、幽霊に導かれて旅に出た。

その夏、恵太が死んだ。
幼いころからずっと恵太と一緒に育った美穂と、
仲良しグループだった大輝、舜、莉乃たちは、
ショックから立ち直れないまま
呆然とした夏休みを送っていた。
そんなある日、
美穂たちの前に現れたのは、
死んだ恵太に瓜二つの少年、ケイ。
「君たちに頼みがある。
僕が死んだ場所まで来てほしい」
戸惑いながらも、
美穂たちは恵太の足跡を辿る旅に出る。
旅の中でそれぞれが吐き出す恵太への秘めた想い。
嘘。嫉妬。後悔。恋心。
そして旅の終わりに待つ、意外な結末とは――。
隠された想いを巡る、青春ミステリ。

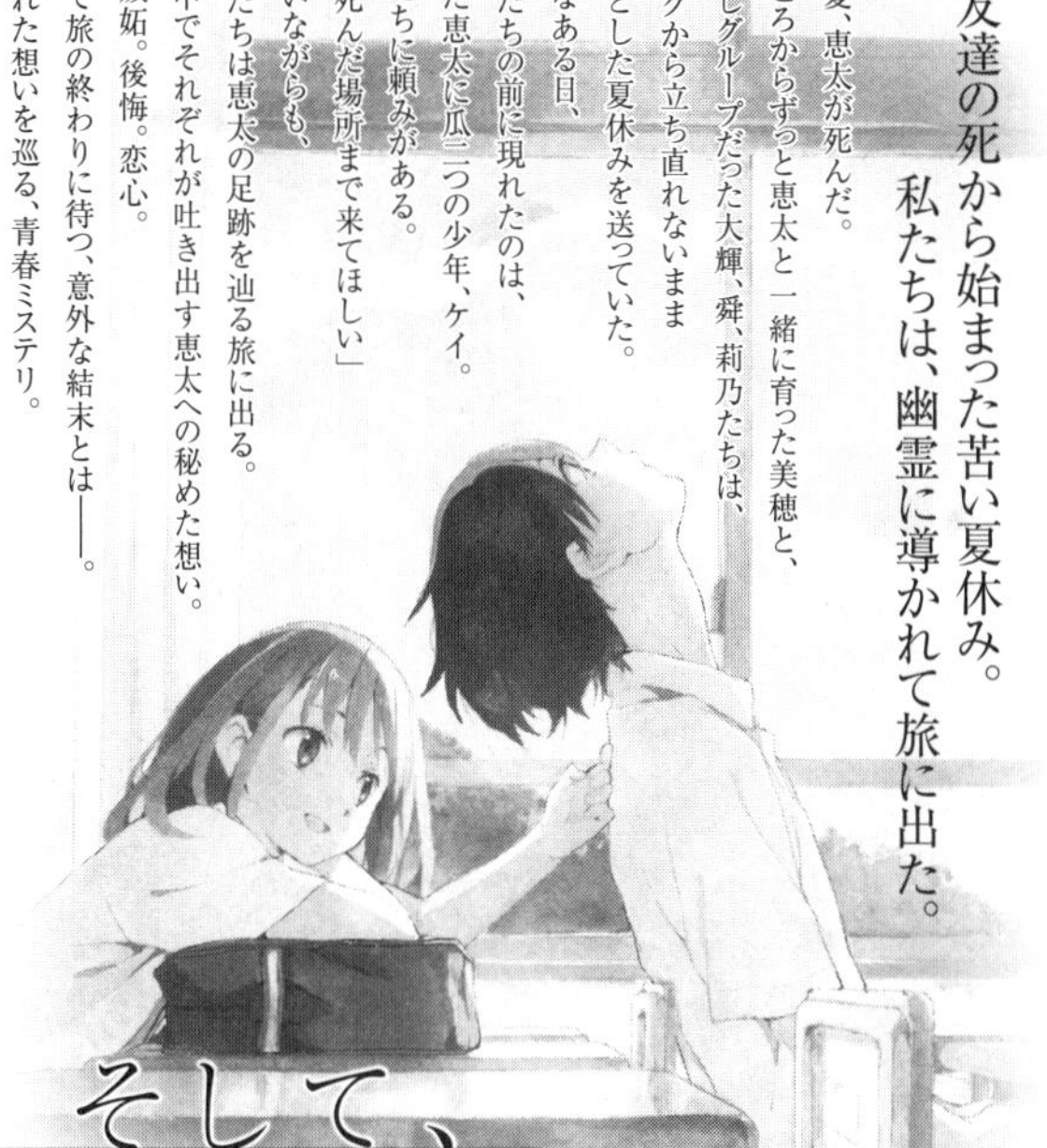

そして、君のいない九月がくる

天沢夏月　イラスト／白身魚

発行●株式会社KADOKAWA　アスキー・メディアワークス

メディアワークス文庫

拝啓、十年後の君へ。
天沢夏月
イラスト/loundraw
「タイムカプセル」によって繋がる迷える高校生6人の青春物語
小学生の頃に埋めたタイムカプセル。
忘れていたのは、離ればなれになるなんて想像もしていなかった時に交わした将来の約束。そして一つの後悔。
今更思い出しても取り戻しのつかない、幼い頃の恋心。
十年前に記した「今の自分」への手紙が、
彼らの運命を少しずつ変えていく。

発行●株式会社KADOKAWA　アスキー・メディアワークス

メディアワークス文庫

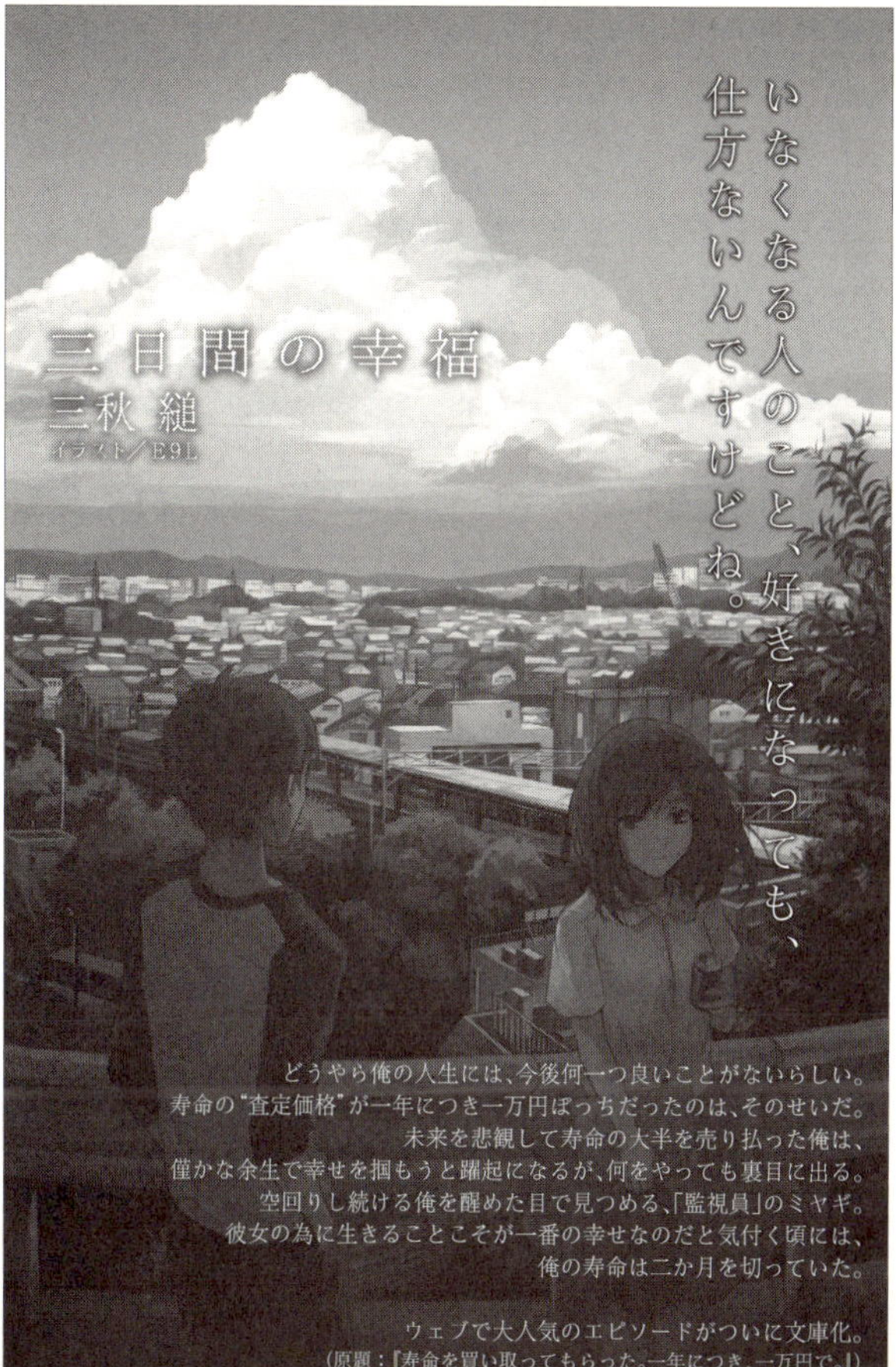
いなくなる人のこと、好きになっても、
仕方ないんですけどね。
三日間の幸福
三秋縋
イラスト／E9L
どうやら俺の人生には、今後何一つ良いことがないらしい。
寿命の"査定価格"が一年につき一万円ぽっちだったのは、そのせいだ。
未来を悲観して寿命の大半を売り払った俺は、
僅かな余生で幸せを掴もうと躍起になるが、何をやっても裏目に出る。
空回りし続ける俺を醒めた目で見つめる、「監視員」のミヤギ。
彼女の為に生きることこそが一番の幸せなのだと気付く頃には、
俺の寿命は二か月を切っていた。
ウェブで大人気のエピソードがついに文庫化。
（原題：『寿命を買い取ってもらった。一年につき、一万円で。』）

発行●株式会社KADOKAWA　アスキー・メディアワークス

メディアワークス文庫

驚異のミリオンセラーシリーズ
日本で一番愛される文庫ミステリ
著◎三上 延
鎌倉の片隅に古書店がある。
店に似合わず店主は美しい女性だという。
そんな店だからなのか、訪れるのは奇妙な客ばかり。
持ち込まれるのは古書ではなく、謎と秘密。
彼女はそれを鮮やかに解き明かしていき――。
ビブリア古書堂の事件手帖

ビブリア古書堂の事件手帖
～栞子さんと奇妙な客人たち～

ビブリア古書堂の事件手帖2
～栞子さんと謎めく日常～

ビブリア古書堂の事件手帖3
～栞子さんと消えない絆～

ビブリア古書堂の事件手帖4
～栞子さんと二つの顔～

ビブリア古書堂の事件手帖5
～栞子さんと繋がりの時～

ビブリア古書堂の事件手帖6
～栞子さんと巡るさだめ～

ビブリア古書堂の事件手帖7
～栞子さんと果てない舞台～

発行●株式会社KADOKAWA　アスキー・メディアワークス

第21回　電撃小説大賞受賞作

働く人ならみんな共感！　スカッとできて最後は泣けます。

メディアワークス文庫賞受賞

すべての働く人たちに贈る
“人生応援ストーリー”

ブラック企業にこき使われて心身共に衰弱した隆は、無意識に線路に飛び込もうとしたところをヤマモトと名乗る男に助けられた。同級生を自称する彼に心を開き、何かと助けてもらう隆だが、本物の同級生は海外滞在中ということがわかる。なぜ赤の他人をここまで気にかけてくれるのか？　気になった隆はネットで彼の個人情報を検索するが、出てきたのは三年前のニュース、激務で鬱になり自殺した男についてのもので——

メディアワークス文庫より発売中

発行●株式会社KADOKAWA　アスキー・メディアワークス

メディアワークス文庫

第20回電撃小説大賞〈大賞〉受賞！
裏稼業の男たちが躍りまくる痛快エンターテインメント!!
博多豚骨ラーメンズ
HAKATA TONKOTSU RAMENS
人口の3%が殺し屋の街・博多で、生き残るのは誰だ――!?
木崎ちあき
イラスト／一色 箱

福岡は一見平和な町だが、裏では犯罪が蔓延っている。今や殺し屋業の激戦区で、殺し屋専門の殺し屋がいるという都市伝説まであった。殺し屋、探偵、復讐屋、情報屋、拷問師etc――。裏稼業の男たちの物語が紡がれる時、『殺し屋殺し』は現れる――。

『博多豚骨ラーメンズ』
『博多豚骨ラーメンズ2』
『博多豚骨ラーメンズ3』
『博多豚骨ラーメンズ4』
『博多豚骨ラーメンズ5』
『博多豚骨ラーメンズ6』
『博多豚骨ラーメンズ7』

発行●株式会社KADOKAWA　アスキー・メディアワークス

メディアワークス文庫

神様の御用人
1~7巻
浅葉なつ
Natsu Asaba
神様にだって願いはある!
神様たちの御用を聞いて回る人間―“御用人”。
フリーターの良彦は、モフモフの狐神・黄金に
その役目を命じられ、古事記やら民話に登場する
神々に振り回される日々が始まるが……!?
神様と人間の温かな繋がりを描く助っ人物語。
イラスト/くろのくろ

発行●株式会社KADOKAWA　アスキー・メディアワークス

メディアワークス文庫

君は月夜に光り輝く
kimi wa tsukiyo ni hikarikagayaku
佐野徹夜
イラスト／loundraw
感動の声、続々――！
読む人すべての心をしめつけた
最高のラブストーリー
第23回
電撃小説大賞
大賞
受賞

大切な人の死から、どこかなげやりに生きてる僕。高校生になった僕は「発光病」の少女と出会った。月の光を浴びると体が淡く光ることからそう呼ばれ、死期が近づくとその光は強くなるらしい。彼女の名前は、渡良瀬まみず。

余命わずかな彼女に、死ぬまでにしたいことがあると知り……「それ、僕に手伝わせてくれないかな?」「本当に?」この約束で、僕の時間がふたたび動きはじめた。

「静かに重く**胸を衝く。**
文章の端々に光るセンスは圧巻」
（『探偵・日暮旅人』シリーズ著者）山口幸三郎

「難病ものは嫌いです。それなのに、佐野徹夜、
ずるいくらいに**愛おしい**」
（『ノーブルチルドレン』シリーズ著者）綾崎 隼

「「終わり」の中で「始まり」を見つけようとした彼らの、
健気でまっすぐな時間に**ただただ泣いた**」
（作家、写真家）蒼井ブルー

「**誰かに読まれるために**
生まれてきた物語だと思いました」
（イラストレーター）loundraw

発行●株式会社KADOKAWA　アスキー・メディアワークス

メディアワークス文庫

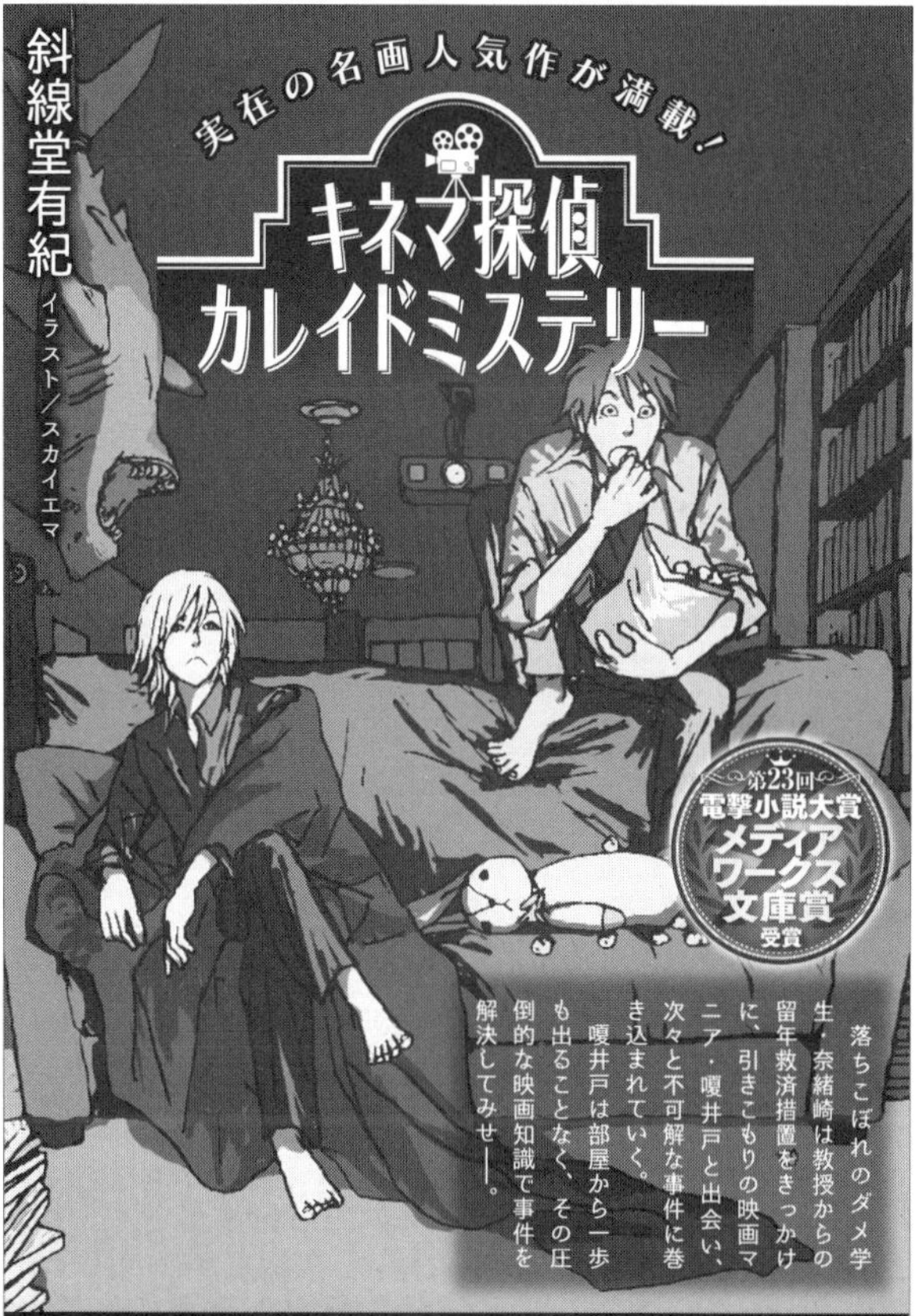

1～2巻
好評発売中！
『キネマ探偵カレイドミステリー』
『キネマ探偵カレイドミステリー～再演奇縁のアンコール～』

発行●株式会社KADOKAWA　アスキー・メディアワークス

メディアワークス文庫は、電撃大賞から生まれる!

おもしろいこと、あなたから。

電撃大賞

作品募集中!

自由奔放で刺激的。そんな作品を募集しています。
受賞作品は「電撃文庫」「メディアワークス文庫」からデビュー!

電撃小説大賞・電撃イラスト大賞・電撃コミック大賞

賞(共通)
大賞……………正賞+副賞300万円
金賞……………正賞+副賞100万円
銀賞……………正賞+副賞50万円

(小説賞のみ)
メディアワークス文庫賞
正賞+副賞100万円
電撃文庫MAGAZINE賞
正賞+副賞30万円

編集部から選評をお送りします!
小説部門、イラスト部門、コミック部門とも1次選考以上を
通過した人全員に選評をお送りします!

各部門(小説、イラスト、コミック)
郵送でもWEBでも受付中!

最新情報や詳細は電撃大賞公式ホームページをご覧ください。
http://dengekitaisho.jp/
編集者のワンポイントアドバイスや受賞者インタビューも掲載!

主催:株式会社KADOKAWA　アスキー・メディアワークス